권왕의
레이드

권왕의
레이드 3

초판 1쇄 인쇄일 2016년 7월 22일 ｜ **초판 1쇄 발행일** 2016년 7월 25일

지은이 장쯔 ｜ **펴낸이** 곽중열 ｜ **담당편집 팀장** 이범수
편집부 신연제 이윤아 홍현주 김유진 임지혜

펴낸곳 (주)조은세상 ｜ 출판등록 제 2002-23호
주소 경기도 연천군 미산면 청정로 1355
TEL 편집부 02)587-2966 ｜ FAX 02)587-2922
e-mail bukdu@comics21c.co.kr

장쯔 ⓒ 2016
ISBN 979-11-5832-596-1 ｜ ISBN 979-11-5832-593-0(set) ｜ 값 8,000원

귀왕의 레이드

NEO MODERN FANTASY STORY & ADVENTURE

장쯔 현대 판타지 장편소설

CONTENTS

16. 월드 투어 (2)

16. 월드 투어 (2)

미국은 지체하지 않고 도망간 몬스터들의 섬멸작업을 시작했고 몬스터의 위치를 알 수 있는 레이더를 개발한 미국은 몬스터를 빠르게 섬멸해 나갔다.

아직 완벽하게 개발된 제품은 아니었기에 약간의 오차범위가 존재했지만 어느 정도는 맞았기에 빠르게 토벌을 할 수 있었고 지후는 아영과 소영의 수련을 위해 B급 몬스터 토벌에도 나섰고 5일이 흘렀을 때 미국은 대부분의 몬스터를 섬멸할 수 있었다.

대한민국엔 미국이 가지고 있는 몬스터 레이더가 없었기에 아직 몬스터들이 숨어있는 곳들이 꽤 있었지만 미국은 대한민국보다 피해는 컸지만 지금은 오히려 깨끗해진 상황이었다.

문제라면 너무 많은 던전이 터져버려서 B급과 A급 던전만이 존재했기에 앞으로 있을 헌터대란이 문제였지만 미국은 한동안 외국으로 나가서 헌팅을 할 수 있도록 도와주겠다며 자국의 헌터들을 위로했다.

물론 지후는 레이더가 완성되면 미국에게 선물로 하나 받기로 약속을 받았다.

그 레이더가 완성되면 3조원정도에 거래될 예정이라 했지만 미국은 지후에게 선물을 하겠다고 했고 지후 또한 당연하다는 듯이 받아들였다.

미국은 보스몬스터가 죽은 지 5일 만에 대피소에 있던 시민들에게 집으로 돌아가도 좋다는 방송을 했고 미국의 전역은 축제분위기로 물들고 있었고 미국정부는 지후를 위해 성대한 파티를 열어주었다.

하지만 지후는 그렇게 즐겁지 않았다.

미국에 있던 다른 나라의 대사들이 끊임없이 지후를 찾아왔기에 짜증이 났고 파티에서 오랜만에 즐겨볼 생각을 했던 지후의 부푼 마음을 아영의 끊임없는 사전차단으로 인해서 접어야 했었기 때문이다.

뭐 아영이 자신을 좋아한다는 사실을 알고 있기에 이해는 할 수 있었지만 소영까지 아영과 함께 여자들의 접근을 차단하는 것을 보고 황당해서 소영에게 왜 그러냐고 물었지만 돌아온 대답에 더는 할 말이 없었다.

"소영아. 아영이가 막는 건 이해는 가는데 왜 너까지 합세해서 막는 거야?"

"아무나 만나면 이미지 망쳐요."

"저 사람들이 아무나는 아니지. 여기에 아무나 올 수 있는 게 아닌데."

"그래도 난잡한 이미지를 만들어서 좋을 건 없죠. 요즘은 스캔들이 없지만 예전엔 바람둥이 이미지가 따라다녔잖아요."

"괜찮아. 난 그런 거 신경 안 써."

"제가 안 괜찮습니다."

"내가 괜찮다니까? 이러다 몸에서 사리나오겠다! 나도 여자랑 밥도 먹고 손도 잡고 뭐 그래야지."

"그런 거라면 제가 밥도 먹고 손도 잡아 드리겠습니다. 제가 그 정도는⋯."

소영은 얼굴을 붉히며 말을 하고 있었고 지후는 인상을 찡그리고 있었다.

"그런 의미가 아닌데⋯."

"미리미리 조심하셔야지요. 미래에 부인이 될 사람의 가족들이 스캔들 기사를 보면 좋아하지 않을 거예요."

"결혼생각도 없는데⋯ 무슨⋯ 미래씩이나⋯."

아영은 지후가 보스몬스터와 싸울 때 확실히 알 수 있었다.

지후는 자신이 찾던 가장 이상적인 강함이자 롤 모델

이라고.

그래서 지후를 어떤 구설수에도 오르게 하지 않게 하는 게 자신이 할 일이라고 생각하고 있었다.

그리고 지후가 자신을 위해 흘렸던 눈물을 생각 할 때마다 알 수 없는 감정이 들고 심장이 뛰었다.

이유는 알 수 없지만 소영은 지후의 곁에 다른 여자가 접근하는 게 싫었고 아영이 지후에게 자꾸 붙는 게 싫었다.

그랬기에 어울리지 않게 요즘은 아영이 지후의 옆에 서면 자신도 반대쪽에 가서 서 있곤 했다.

그래서 아영에게 지지 않기 위해 요즘은 수련에 더욱 박차를 가하고 있었고 아영을 볼 때마다 묘한 승부욕이 생겨서 아영이 하는 모든 걸 하고 있는 소영이었다.

지후는 아영과 소영으로 인해서 약간 짜증이 나있을 무렵 파티에 찾아 온 한 손님으로 인해서 당황스러움을 느낄 수밖에 없었다.

바로 영국의 여왕이 지후를 만나기 위해 직접 이 곳을 방문한 것이었다.

파티에도 그렇고 그동안 다른 곳은 다 대사들이 지후에게 방문을 했던 방면 영국은 여왕이 직접 왔다는 것에 호기심이 생기고 있었다.

어차피 어딘가의 웨이브를 막으러 간다면 가장 돈을 많이 부른 영국을 1순위로 생각하고 있었는데 직접 찾아오니 약간의 당황스러움과 호감이 교차하고 있었다.

여왕은 지후의 곁으로 다가오더니 고개를 숙이며 정중하게 인사했다.

"안녕하세요. 저는 영국의 여왕인 엘리스 2세입니다."

"안녕하세요. 이지후입니다."

여왕은 지후에게 너무나도 정중하게 허리를 숙이며 인사하고 있었다.

물론 지후는 여왕이 자신에게 하려는 말은 예상을 할 수 있었다.

몬스터 웨이브 때문에 이곳에 왔을 것이다.

다른 나라보다는 영국에 호의가 있던 건 사실이었다. 애초에 가장 많은 금액을 불렀던 곳이 영국이었기 때문이다.

그리고 다른 나라와는 다르게 통치자가 직접 왔다는 사실에 지후의 다음 행선지가 영국이 될 가능성이 매우 높아지는 순간이었다.

"여기까지는 어쩐 일로 오신 건지요?"

"아시겠지만 지금 영국의 상황이 매우 어렵습니다. 그래서 실례를 무릅쓰고 부탁을 드리기 위해 직접 찾아왔습니다."

"굳이 직접 오시지 않으셔도 됐을 텐데요?"

"그럴 수야 없죠. 고작 일국의 대사들과 대화를 할 정도로 지후님의 격이 낮다고 판단하지는 않습니다."

제대로 띄워주네? 그런데 당신도 내가 미국에 오기 전에는 대사를 보냈는데. 뭐 지금은 직접 나타나서 정중한건 사실이지만. 그런데 상황이 생각보다 심각한가? 직접 올 거라고는 생각도 못했는데 말이야. 여왕까지 직접 나섰는데 거절을 한다면 상당히 일이 복잡해지겠어. 보는 눈도 많고. 역시 대단한 할머니네. 분명히 모든 걸 계산에 넣고 왔을 테니까.

"조건은 어떻게 되나요?"

"지난번에 드렸던 제안에 2조원을 추가로 드릴 수 있을 것 같습니다. 시간이 갈수록 피해가 커지고 있어서 피해복구에도 예산을 투입해야 해서 그 이상은 힘들 것 같습니다. 대신 저희 영국의 작위를…"

그럼 8조네… 뭐 딱히 나쁘진 않아. 그런데 좀 찝찝하네.

"가죠. 영국으로. 그리고 작위는 필요 없습니다. 왠지 그 작위를 받으면 영국과 묶일 것 같아서요."

"딱히 지후님에게 드리려는 작위는 지키셔야할 의무 같은 건 없습니다."

"괜찮습니다."

영국의 여왕은 지후의 단호한 거절에 자신의 의도가 들킨 것 같아 속으로 움찔했지만 내색은 하지 않았다. 내심 작위를 주면서 영국과 지후를 엮을 만한 것들을 하나하나 생각하던 여왕은 역시 지후가 만만한 상대가 아니라고 생각하고 있었다.

"언제쯤 출발이 가능하신지 여쭤 봐도 되겠습니까?"

"저야 뭐 아무 때나 상관없습니다만 연속으로 비행기를 타시긴 힘드실 것 같은데 내일 여왕님이 편하신 시간에 가도록 하죠."

"그럼 내일 오전에 호텔로 사람을 보내도록 하겠습니다."

"네."

다음날 지후는 여왕의 전용기를 타고 함께 영국으로 넘어갔고 이 소식은 전 세계의 외신에 알려지고 있었다.

직접 영국의 여왕이 지후를 데리고 온 이야기에 영국의 국민들은 역시 여왕님이라며 환호했고 영국의 귀족들은 여왕을 직접 행차하게 했다며 욕을 하기도 했다.

다른 나라들은 대체 자국의 대통령은 벙커에 틀어박혀서 뭐 하고 있냐며 왜 지후를 데려오지 못하냐며 지지율이 바닥으로 떨어지고 있었다.

특히 일본에서 나온 대사의 행동은 가관이었다.

어제 파티에서도 제발 일본으로 가자며 일본을 살려달라며 깽판 아닌 깽판을 치더니 영국으로 가는 비행기를 타러 갈 때도 찾아와서는 제발 일본으로 가달라며 생 때를 쓰기 시작했다.

뭐 다들 일본의 입장을 이해를 못 하는 것은 아니었다.

일본은 정말 심각한 재앙을 격고 있었으니까.

영국과 일본은 안 좋은 상황으로는 1, 2위를 달리고 있지만 다들 일본의 상황이 더욱 안 좋다고 할 것이다.

영국은 높은 등급의 던전은 예전부터 많이 클리어 했기에 수가 많지 않았고 공명던전은 사람이 거의 살지 않는 웨일스의 시골에 있었기 때문이다.

하지만 일본은 던전들도 많았지만 공명던전이 도쿄타워의 바로 옆에 존재하고 있었기에 그 심각함은 몇 배로 컸다.

영국여왕과 수행원들이 그 모습을 보고 화를 내자 아차한 일본대사는 영국 다음으로 일본을 방문해 달라고 했지만 나는 말 같지도 않은 헛소리를 하고는 영국행 비행기에 올랐다.

뭐라고 했냐고? 그냥 일본에 있는 AV배우들을 전부 모아두라고 했다.

한번 질펀하게 놀아보자고.

그냥 내 나름대로의 싫다는 개소리였다.

왜냐고 나는 약속을 지키는 남자니까.

분명히 내가 처음 길드를 가입하려고 계약조건을 듣는 시늉을 했을 때 일본만이 뒤에서 나타나 내 식사를 방해했으니까.

내 뒤끝은 일본이 몬스터에 멸망을 하더라도 멈추지 않으니까.

요즘 여자도 못 만나고 금욕의 삶을 살기에 나에게 일본 AV시장은 소중하다.

뭐 일본이 망한다면 그 회사를 내가 사서 배우들은 한국에서 활동하게 해 줄 의사는 있다.

그게 내가 일본이 웨이브에 멸망한다면 베풀어 줄 수 있는 최선이다.

요즘 아공간에 있는 노트북의 직박구리 폴더가 내 삶의 낙이니까.

그래서인지 영국에 있는 일본대사의 활동은 제한되어 있었다.

어차피 웨이브를 해결한 미국과는 달라서 영국에서는 지후를 만나러 오려다간 몬스터에게 골로 가는 수가 있지만.

여왕과 함께 지후는 버킹엄 궁전으로 입궁했고 자세한 이야기는 저녁을 먹으며 나누기로 한 후에 궁에 있는 처소를 안내 받아 쉴 수가 있었다.

지후와 아영과 소영은 저녁시간이 되자 안내를 받으며 식사장소로 향하고 있었다.

하지만 이 세 사람은 식사장소로 바로 향할 수가 없었다.

앞을 막고 있는 헌터들 때문이었다.

시녀는 당황하며 어쩔 줄을 몰라 하고 있었다.

"어떡하죠? 왕실의 수호 기사단이에요."

"그게 뭔데? 헌터 아니야?"

"저분들은 헌터들 중에서도 귀족이거나 강한 분들이세요. 그래서 왕실을 지키는 기사로 저희 영국을 수호하는 원탁의 기사단이세요."

"나는 영국 황실을 지키는 원탁의 기사단의 부 기사단장로이다. 당신은 더 이상 앞으로 나아갈 수 없다."

지후는 자신의 앞을 가로막고 말을 하고 있는 기사를 보며 황당함을 느끼고 있었다.

불러와놓고 이게 뭐하는 짓인지 도무지 이해를 할 수 없었기 때문이다.

"이게 무슨 짓이지? 왜 내 앞을 막는 거지? 나는 너희들의 여왕과 저녁식사가 약속 되어 있는데?"

"감히 그 천한 입으로 여왕님을 함부로 부르지 마라. 예의를 지켜라!"

"예의는 네가 지켜야지. 내 앞을 막는 건 예의에 맞다고 생각해?"

"그건 미안하게 됐다. 하지만 이대로 너를 보낼 수는 없다."

"그게 무슨 말이지?"

"말 그대로다. 방으로 돌아가라. 저녁은 방으로 넣어주라고 전해주지."

"하하하하하하."

지후가 어이가 없다는 듯이 한참이나 웃었고 그 모습에

지후의 앞을 막고 있는 기사단은 모두 인상을 쓰고 있었다.

"이해를 할 수가 없어. 대체 왜? 내가 무슨 잘못을 했다고 방에서 저녁을 먹어야 하지? 호텔 룸서비스 느낌보다는 감옥에서 먹는 느낌인데?"

아영과 소영도 지금 이 상황이 황당하기는 마찬가지였다.

지후는 딱히 영국에 와서 실수를 한 일이 없었다. 그럴 시간도 없었고.

그런데 갑자기 기사단이 앞을 막자 이해를 하기가 힘들었다.

혹시 지후가 여왕님에게 실수를 했나 생각을 해봤지만 이렇게 앞을 가로막을 정도의 실수는 없었다.

딱히 예의가 있는 지후는 아니었지만 실수도 없었기 때문이다.

스르릉. 챙 챙 챙.

지후가 한 걸음 옮기자 기사단은 검을 꺼내며 지후를 겨눴다.

"너네 돌았냐? 내가 참는데 한계가 있어. 그런데 말이야. 지금 내 앞을 막아서는 이유도 모르겠고 건방지게 나한테 검을 겨누는 이유도 모르겠어. 뭐 설명이라도 하던가. 너희가 뭔데 내 앞을 가로막고 방으로 돌아가라 마라 명령 질이지?"

그 때 기사단의 사이를 비집고 지후와 비슷한 또래의 한 사내가 나타났다.

"모두 검을 집어넣어라. 부 기사단장은 대체 손님에게 이 무슨 추태인가!"

"하지만…."

"모두 검을 집어넣어라! 안 넣는다면 내가 직접 형님과 할머니에게 이 상황을 알리지."

그 사내의 말에 모두 지후를 겨누던 검을 검 집에 집어넣 었다.

"안녕하십니까. 이지후님을 뵙게 되어서 영광입니다. 윌 슨이라고 합니다."

자신을 윌슨이라고 소개한 사내는 지후에게 정중하게 인 사를 건넸다.

하지만 지후는 그 인사를 받을 기분이 아니었다.

자신을 앞에 두고 북 치고 장구치고 다 하는 모양세가 영 마음에 들지 않았기 때문이다.

"넌 뭐야. 그리고 이것들은 대체 왜 내 앞을 막는 거지? 넌 설명할 수 있나?"

"……."

새로 나타난 사내 또한 지후의 질문에 대한 말이 없었다.

"뭐야 이것들은 하나같이 내 앞을 막고는 이유를 안 말 해? 이게 무슨 신사의 나라야? 벙어리야? 말 못해? 문자로 할래?"

지후의 말에 부 기사단장이라던 사내는 발끈하며 자신이 끼고 있던 장갑을 지후에게 던졌다.

"무엄하다! 감히 왕자님에게 무슨 말버릇이냐! 그리고⋯."

지후는 자신에게 날아오는 장갑을 발로 툭 차서 던진 사람의 얼굴로 향하게 했고 장갑을 얼굴로 받은 기사단장은 얼굴을 붉히며 모욕을 받았다는 듯이 소리를 질렀다.

"지금 기사를 모욕하는 것이냐?! 기사의 장갑이 어떤 의미인지 모르는 것이냐!"

알지. 들어 봤어. 그런데 내가 너랑 비무를 할 짬밥이냐? 건방지게 말이야.

"모욕은 네가 하는 거지. 어디 그 따위 실력으로 건방지게."

"이 이 자식! 혼 좀 나야겠구나!"

부 기사단장은 검을 뽑으며 지후를 향해 맹렬히 달려들었지만 그의 공격은 지후에게 닿지 않았다.

지후는 손가락 하나로 그의 검을 막았고 지후가 검에 손가락을 튕기자 검을 쥐고 있던 손바닥이 터져나가며 검을 놓치고 말았다.

지후는 바로 기사의 복부를 차버렸고 기사는 배를 움켜진채 자신의 부하들이 모여 있는 곳으로 날아갔다. 기사를 받으려던 부하들과 기사는 함께 바닥을 뒹굴고 있었다.

"건방지게 말이야. 이유를 말 하라니까 말도 하지 않고. 도와달래서 왔더니만 검을 휘둘러?"

지후가 열이 받아서 앞으로 걸어 나가자 아영과 소영은 지후를 말리고 싶었지만 자신들이 생각하기에도 지후가 이런 대접을 받을 이유가 없었고 직접 지후를 데려온 것은 여왕이었기에 그저 황당해서 말문이 막힌 상태였다.

부 기사단장이 제대로 검도 휘두르지 못하고 쓰러지자 기사단은 당황스러웠다.

그리고 지후의 주먹에 영상으로만 보던 금빛이 머물기 시작하자 다급하게 왕자는 지후의 앞을 막았다.

"죄, 죄송합니다. 저희가 실수를 저질렀습니다. 제가 다 설명을 드리겠습니다."

"제대로 설명해. 그렇지 않다면 난 이 자리에 있던 모든 헌터를 죽여 버릴 거니까. 난 나한테 검을 뽑은 놈들을 살려둔 기억이 없어. 그건 네가 아무리 왕자라고 해도 예외가 아니야."

지후는 이유를 듣자 더 황당해서 어이가 없었다.

그리고 자신의 앞에 있는 남자가 영국의 네 번째 왕자라는 사실도 알 수 있었다.

"그래서 너희들의 자존심 때문에 내 앞을 막았다고?"

"그렇습니다."

"그럼 진작에 너희가 막았어야지. 왜 내선까지 오게 만들어? 내가 아직 너희 영국이랑 계약서를 쓴 건 아니거든.

나는 그냥 돌아가면 그만이라는 소리야."

"죄송합니다."

"너희는 왜 나한테 투정을 부리지? 상대를 잘못 고른 게
아니야? 실력이 없는 너희를 원망해야지. 왜 부탁을 받고
온 나를 막아선 거지? 그리고 웨이브도 못 막는 실력으로
나를 막아서는 게 맞아? 웨이브를 막아낸 나를? 몬스터는
무섭고 그 몬스터를 죽이는 나는 안 무섭나봐?"

"저희들이 어리석었습니다. 사실 저희 기사단과 영국의
헌터들이라면 웨이브를 충분히 막을 수 있다고 생각했습니
다. 하지만 생각 이상으로 희생이 생겼습니다. 희생이 이어
지자 수비에 급급했습니다. 그리고 그사이 여왕님께서 지
후님을 모셔왔습니다. 그러다 보니 저희들이 쓸데없는 자
존심을 세운 것 같습니다."

자존심이라기 보단 스스로의 무능을 인정하기 싫어서 나
한테 화풀이를 한 거겠지.

"여왕이 너희를 안 믿었다고 생각하나?"

"그렇게 생각하는 기사들이 꽤 있습니다."

"네 생각은?"

"어쩔 수 없는 선택이었다고 생각합니다. 하지만 저희에
게 의견을 묻지 않으신 것은 섭섭하긴 합니다."

"착각하고 있군. 여왕은 너희를 생각해서 나를 부른 거
지. 너희의 희생을 원하지 않으니까. 그깟 돈을 쓰더라도
자국의 기사와 헌터는 소중하니까. 너희는 너희 군주의

뜻을 너무도 모르는 군. 지금 다른 나라들이 어떤 식으로 웨이브를 막는지 들어서 알 텐데? 엄청난 폭격과 헌터들의 희생이지. 너희 여왕은 너희가 다치는 것을 원하지 않았던 거야. 그런 식으로 너희를 희생시키면 앞으로 던전은 어떻게 막아낼 거지? 너희는 정말 어리석군. 군주의 몸으로 나에게 부탁을 하는 건 쉬웠을 거라고 생각하나?"

지후의 말에 기사들은 다들 놀란 듯이 눈만 크게 뜨고 바라보고 있었다.

그리고 지후의 말을 곰곰이 생각하자 부끄러워서 고개를 들 수가 없었다.

자신들이 대체 지금 무슨 짓을 한 건지 너무나 부끄러웠기 때문이다.

"너희 같은 것들이 나라를 지켜? 왕실을 지키는 기사야? 웃기는 군. 나라를 위해서 자기 자존심조차 숙이지 못하는 것들이. 지킬 생각이 있다면 너희도 너희의 여왕처럼 자존심을 굽히고 나에게 부탁을 했어야지. 군주가 자존심을 굽혔는데 신하들이 이런다니. 너희는 반역을 하는 건가?"

"반역이라니. 당치도 않습니다."

"때론 숙이더라도 지켜야 할 건 지키는 게 자존심 아닌가? 그리고 기사라면 주군의 자존심과 나라의 안위는 지켜야 하지 않나? 너희의 자존심과 명예가 나라의 안위나 군주의 자존심과 명예보다 중요한가?"

지후의 말에 정말 다들 망치로 한 대 맞은 것 같은 표정을 짓고 있었고 스스로가 너무 부끄러워 고개를 들지 못하고 있었다.

"그리고 말이야. 진짜 중요한 게 뭔지 알아? 너희가 갑일까? 내가 갑일까? 을의 목적은 갑의 만족 아니야? 지금 내가 만족중일까? 애초에 자존심을 지킬 거면 나를 왜 부른 거지? 미국이 너희보다 헌터들이 약한가? 미국이 왜 나를 불렀다고 생각해? 최소한의 희생을 위해서 나를 찾은 거지. 너희는 너희들의 자존심을 지키면서 잘 막아봐. 사정해서 와줬더니 누굴 빙다리 핫바지로 보나. 나는 돌아가 주지. 알아서 잘 막아봐."

아영과 소영에게 지후는 돌아간다는 제스처를 취했고 세 사람이 돌아가려는 찰나 기사들과 왕자는 모두 무릎을 꿇으며 고개를 숙였고 지후를 향해 목이 터져라 외쳤다.

"죄송합니다. 저희가 어리석었습니다. 저희가 어리석어서 실수를 저질렀습니다. 제발 저희 여왕님의 자존심의 가치를 지킬 수 있게 도와주십시오. 저희의 목숨을 거두어 용서해 주시고 영국의 국민들과 여왕님을 몬스터들에게서 구해주십시오."

'나름 사랑받는 여왕이네. 그리고 저 왕자도 나름 괜찮은 인간이네. 진심으로 여왕을 위하고 나라를 위하고 있어.'

25

왕자가 말을 하면 기사들이 합창을 했고 그 모습은 장관이었지만 지후는 아랑곳 하지 않았다.

기사들의 뒤 쪽에선 여러 사람들이 다급하게 뛰어오고 있었고 지후에게 소리치고 있었다.

지후도 지난번에 본적이 있었던 남자였다.

미국으로 S급모임을 갔을 때 봤던 사람 중 하나였다.

뭐 그냥 스치듯 본 거지. 딱히 인사를 하거나 할 정도의 사이는 아니었다.

"저는 원탁의 기사의 기사 단장이자 영국의 두 번째 왕자 윌로드입니다. 모든 건 기사단을 통솔하지 못한 제 탓입니다. 부디 선처를 베풀어 영국을 떠나지 말아주셨으면 합니다."

영국의 S급 헌터도 왕자였어? 그런데 분명히 내 힘을 봤을 텐데 이런 상황이 오게 만들었다니 이해가 잘 안되는데.

뒤에서는 노구를 이끌고 여왕이 이곳을 향해 오고 있었다.

'타이밍이 기가 막히네. 냄새가 나는데.'

"지후님. 지후님에게 정말 죄송합니다. 제가 사전에 일을 다 해결했어야 하는데 모두를 지켜야 한다는 생각에 그러지 못했습니다. 죄송합니다."

여왕은 나에게 고개 숙여 사과를 했고 그 모습은 그다지 보기 좋은 상황은 아니었다.

걷기도 힘들어 보이는 할머니가 젊은이에게 힘겹게 사과하는 모습은 보기 좋을 리가 없기 때문이다.

그 순간 지후의 머리에 스치는 생각이 있었다.

'일부러 여왕은 이 상황을 방치했다는 건가? 기사단의 불만을 한 번에 잠재우고 오히려 충성심을 높인다? 나를 그런 패로 사용하다니… 정말 늙은 여우는 맵네.

큰 마찰은 없었고 저렇게까지 사과를 하는데 받아주지 않는다면 나만 속 좁은 놈이 되는 건가?

뭐 내가 그런 걸 신경 쓰는 인간이 아니긴 하지만… 여기서 화를 내기는 참 애매하다 싶을 정도의 상황과 타이밍이네. 다 계산된 건가? 재밌네. 딱히 나쁜 기분은 아니야. 하지만 나를 이용한 대가를 조금은 치러야지.'

"밥이나 먹죠."

지후의 한 마디에 상황은 빠르게 수습됐고 본래 식사를 하려던 장소에서 식사를 할 수가 있었다.

여왕은 자신의 가족들과 우리 세 사람과 함께 식사를 했다.

뭐 그동안 관심을 갖었던 적이 없지만 이 식사자리를 통해서 영국왕실에 알게 되었달까?

여왕의 아들과 부인은 교통사고로 죽었고 지금은 아들의 자식들 중 첫째가 왕위를 물려받을 준비를 하고 있다는 정도? 그리고 둘째 왕자는 S급 헌터로 왕실을 지키는 기사였고 셋째는 왕실의 유일한 공주였고 넷째는 아까 봤던 윌슨이라는 왕자였다.

뭐 셋째인 공주는 금이야 옥이야 커서 철이 없어 보였고 딱 우리 누나를 보는듯한 인상을 받았다.

된장기질이 보인달까? 아니다. 누나보다 좀 심한가? 마치 세상에서 내가 최고야라는 눈빛? 그런데 누가 보면 공주만 밖에서 낳아온 자식인 줄 알겠네. 3명의 왕자는 완전 꽃미남인데… 공주는… 안타깝다.

뭐 윌슨이라는 놈은 식사 내내 분위기메이커 역할을 했는데 왕실에서 포지션이 참 애매해 보였다.

첫째는 황제가 될 거고 둘째는 이미 기사단을 장악했고 셋째야 유일한 공주였고 넷째인 윌슨만 포지션이 애매했다.

안타깝지만 내 알바는 아니고.

성격은 좋아보였는데 늦게 태어난 게 죄지 뭐.

아무튼 식사를 마치고 지금 나는 여왕과 둘만의 티타임을 갖고 있다.

"할머니. 우리 아직 계약서 안 쓴 거 아시죠?"

어떤 미친놈이 영국의 여왕에게 할머니라고 부르냐고? 바로 나다.

이미 저녁을 먹을 때 호칭은 할머니로 했다.

잠깐 첫째 왕자가 발끈했지만 난 단호하게 나갔다.

먼저 예의를 지키지 않았으니 나한테 예의를 기대하지 말라고.

뭐 여왕은 오히려 할머니라고 불러주니 더욱 가까워지고 가족이 된 것 같아서 좋다며 웃었지만.

정말 저 늙은 여우의 속에 능구렁이가 몇 마리나 살고 있을지 궁금하지만 노인의 속을 까볼 생각은 없다.

"그렇지요."

"제가 모를 거라고 생각하셨습니까? 이런 서비스는 애초에 설명이 없으셨는데 말입니다. 제가 뭐 대충 장단을 맞춰서 서비스는 해드렸지만 저를 이용하실 생각을 하시다니 대단하다고 해야 할까요?"

"아시고 계셨다니 정말 죄송합니다. 면목이 없습니다."

"이런 서비스를 해드렸는데 계약서도 조금 수정이 되어야 일을 할 맛이 나지 않겠습니까?"

여왕은 괜히 찻잔을 들었다 놨다를 하며 숨을 돌리고 있었다.

들키지 않을 줄 알았는데 지후에게 걸렸고 이대로 지후를 보내서도 안 되는 상황이었기 때문이다.

이 계획의 마지막은 꼭 지후가 웨이브를 막아줘야 끝이 날 수 있었기 때문이다.

"원하시는 조건이 있으십니까?"

"10조에 맞추죠."

"10조는… 조금….'"

"10조로 하죠. 아니면 아까 그 기사들을 다 죽여 드릴까요? 혹시 둘째왕자에게 제가 어떤 사람인지 듣지 못했습니까? 뭐 아니더라도 나에 대한 소문을 들을 곳은 많았을 텐데요? 제가 이런 양보를 하는 건 영국이 처음입니다. 나를 이용했지만 사사로운 욕심보다는 최대한 많은 생명을 구하려는 게 보였기에 이정도 선에서 양보를 하는 거죠."

여왕은 지후가 어떤 사람인지 제대로 파악이 되지 않았다. 사실 소문대로라면 이미 여럿 죽었어야 하는데 부 기사단장도 약간의 부상이 있을 뿐 크게 다치지 않았기 때문이다. 또한 생각이상으로 지후가 똑똑했다. 아니 여왕이 보기엔 소문이 거짓이었다.

아무리 생각해도 지후라는 남자는 파악이 불가능했고 지후의 요구를 거절할 명분도 없었다.

"10조원으로 하겠습니다."

"계약서 쓰죠."

훗날 외국에서 벌인 지후의 행동을 보며 영국의 여왕은 지후가 조금만 기분이 더 상했더라면 어떤 일이 영국에 일어났을지 생각하며 자신이 얼마나 큰 재앙을 영국에 일으킬 뻔 했는지 안도하며 가슴을 쓸어내렸다.

다음 날 영국의 모든 헌터들은 버킹엄 궁전 앞에 모여 있었다.

바로 오늘 지후가 보스몬스터를 레이드 하겠다고 했기 때문이다.

하지만 지후는 지금 레이드를 떠나지 않고 궁전 앞에서 실랑이를 벌이고 있었다.

"윌슨."

"네 형님."

지후는 윌슨의 성격이 마음에 들어 어젯밤 술을 한잔했다. 나이가 자신보다 두 살이 어리다는 사실을 알고는 윌슨에게 앞으로 형이라고 부르라고 하였고 윌슨 왕자는 그렇게 하고 있었다.

"니네 누나 치워라."

"저… 형님… 그게….

"나 레이드 안 간다?"

윌슨은 어쩔 줄 몰라 했지만 자신의 누나에게 다가가 궁전으로 돌아가 달라고 부탁을 했다.

그 말을 듣자마자 공주는 지후에게 와서 따졌지만 지후는 무시할 뿐 딱히 상대를 해주지 않았다.

공주는 지금 이게 남녀사이에 흔히 말하는 밀당이라고 착각하며 더욱 지후에게 들이대기 시작했다.

사실 공주는 지후를 보고 첫눈에 반한 상태였다.

뭐 그런 이유 때문만은 아니었다.

주변에서 예쁘다 예쁘다 칭찬만 듣고 자라다 보니까 착각을 심하게 하고 살았다고 해야 할까?

자신의 미모에 자신감이 넘쳤다.

절대로 그래선 안 되는 것이었는데….

영국은 그녀를 속였던 것이다.

그리고 지금 공주의 마음속에는 사명감으로 가득 차 있었다.

자신이 지후와 결혼을 해서 지후를 영국인으로 만들어 세계에서 가장 안전한 국가로 영국을 만들겠다는 사명감으로 불타오르고 있었다.

자칫 잘못하면 지후와 영국이 전쟁이라도 치러야 할 일을 말이다.

"대체 왜 저를 데리고 가지 않는다는 거죠?"

"몬스터가 장난이야? 당신이 낄 자리라고 생각하나?"

내 걱정이 그렇게 되나? 그럼 직접 지켜주면 되지. 쑥스러워 하기는.

"저도 헌터에요."

"헌터에도 급이 있지. 넌 E급 주제에 웨이브로 정신이 없는 전장에 가겠다는 건가?"

쑥스러워 하는 건가? 아니면 이게 대한민국에서 한때 유행했다는 나쁜 남자 스타일?

"호위는 충분히 있어요."

"그게 문제지. 몬스터와 싸워야 할 헌터가 네 호위나 하고 있다는 게. 아무리 철이 없어도 말이야. 똥인지 된장인지는 구분 할 줄 알아야지."

"그게 무슨 말이죠?"

"꺼지란 말이지. 한 마디로…. 음 뭐라고 해야 설명이 쉽지? 그냥 꺼지라고."

"당신 말 다 했어요! 지금 영국의 공주인 나를 이렇게 대하고도 무사할 거라고 생각하나요?"

'네가 조금만 예뻤어도… 피오나만 아니었다면… 지켜보게 했을 수도 있지… 그런데 공주씩이나 되가지고 그런 곳에 있으면 내가 신경을 안 쓸래야 안 쓸 수는 없거든. 그런데 넌 가끔이라도 보기가 좋지 않아. 공주라는 단어가 이렇게 얼굴이랑 안 어울리는 경우도 드문데. 영국아이들한테는 공주라는 말이 욕이겠네.'

실제로 영국인들은 어떤 부모도 자신의 딸이 아무리 예뻐도 공주라고 부르지 않았다.

"난 아마 무사할거야. 그리고 너 지금 안 가면 맞고 간다. 그러면 못생… 아니… 아무튼 다친다?"

"여자인 나를 때리기라도 한다는 건가요?"

"어이 기사단장! 내가 한다면 하는 놈 인거 알지? 레일라가 어떻게 됐는지? 걔는 예쁘기라도 했지? 나 힘 조절 잘못하면 큰일 날지도 모르는데…."

"크흠…."

기사단장인 둘째왕자는 헛기침을 하며 공주에게 다가가 궁으로 돌아가라며 타일렀지만 공주는 고집을 꺾지 않았다.

공주는 씩씩대며 지후의 앞으로 다가왔다.

"나한테…."

"잠깐만."

지후는 공주가 무슨 말을 하려고 하자 바로 말을 끊었다.

그리고 아영과 소영을 쳐다 봤다.

왜 그동안 여자란 여자는 다 막아놓고 공주는 안 막냐는 눈빛으로.

두 사람은 공주를 막을 이유가 없었다.

그동안 지후에게 접근하려던 여자들은 솔직히 예뻤지만 공주는 아니었기 때문이다.

그리고 두 사람은 지후가 외모를 철저하게 따진다는 사실을 잘 알고 있기에 나서지 않고 있었다.

그랬기에 두 사람은 어제 식사자리에서부터 지후에게 노골적으로 추파를 던지는 공주를 딱히 신경 쓰지 않고 있었다.

"너 설마 '나한테 이런 말을 한건 네가 처음이야!' 이런 헛소리 하려는 건 아니지?"

"말이 심하시네요. 하지만 실제로 당신처럼 나에게 말을 한 사람은 없었어요."

공주의 억지로 묘한 분위기를 만들려는 말에 지후는 더는 못 참겠다는 듯이 막말을 쏟아 부었다.

"나는 굉장히 솔직한 사람이고 할 말 다하고 사는 사람이거든! 너 존나 못생겼어! 씹다버린 개 껌 같이 생겼어! 그리고 이 생각 없는 년아! 전투가 장난인 줄 알아! 이게 소풍이야! 너 하나 지키겠다고 고생할 헌터들은 안 보여? 그리고 네 주변에 있는 헌터들이 네 안전을 신경 쓰느라 제대로 싸울 수나 있겠어? 철이 없어도 적당히 없어야지. 일국의 공주라는 년이 생각이 이렇게 없어! 민폐 끼치지 말고 꺼져 이 년아. 매너가 사람을 만든다는 말도 못 들어 봤어! 네 얼굴은 매너가 없어! 내가 전장에서 너를 몬스터로 오해하고… 읍….”

순간 아영과 소영이 지후의 양옆에서 입을 막기 시작했다.

지후의 막말이 도를 지나치려고 했기에…. 아니 잠깐 사이에 이미 도를 지나쳤다.

워낙 다들 주목을 하고 있었기에 주변의 모든 헌터가 이 얘기를 들을 수밖에 없었고 차마 웃지는 못하고 웃음을 참느라 다들 고개를 숙이며 얼굴이 시뻘게져만 갔다.

“으아아앙!”

공주는 지후의 막말에 나이와 안 맞게 때를 쓰는 아이처럼 울기 시작했고 두 왕자는 공주를 양팔로 잡아서 궁으로 끌고 들어갔다.

15분정도 흐르자 상황이 좀 진정이 됐는지 두 왕자가 지후가 있는 곳으로 찾아왔고 지후 또한 담배를 피며 화를 식히고 있었다.

"형님… 말씀이 너무… 심하셨습니다…."

"잘 생각해. 만약에 공주가 앞으로 나한테 한번만 더 찝쩍대려고 하거나 내 눈앞에 나타나면 영국이랑 나랑 전쟁날지도 몰라. 나 여자 성격보다 외모 보거든! 어차피 여자들 성격이야 내 앞에서 다 착해지니까! 외모가 가장 중요하다고!"

지후의 말을 듣던 아영과 소영은 어이가 없었지만 왜인지 모르게 지후의 말에 두 사람 다 안심을 하고 있었다.

"확실히… 저런 두 분이랑 다니시니…."

윌슨은 아영과 소영을 바라보며 말했다.

"쟤네는 뭐 옵션 원 투 같은 애들이야."

"지후씨!"

"오빠!"

"소영아 요즘 이상하다? 아영이야 원래 나 좋다고 따라다니던 애지만 넌 아니잖아? 포지션 잘 잡아라."

지후의 말에 소영은 뜬금없었지만 자신이 발끈할 일은 아니었다는 생각이 들었다. 하지만 왜 옵션소리에 화가 나는지 도무지 이해할 수 없었다.

"제가 원이죠?"

아영은 참 한결같은 캐릭터였다.

지금 상황에 순서를 따질 줄이야.

"제가 오빠 비서일 먼저 했거든요. 나중에 들어온 사람이 어떻게 원이에요!"

아영에게만큼은 질 수 없다는 소영의 승부욕이 발동한 순간이었다.

'얘들이 요즘 미쳤나? 내가 마공을 가르친 게 아닌데…'

"형님… 그런데… 저희 누나 성격이라면… 이대로 물러서지 않을…"

"그건 너희 영국의 숙제야. 나랑 전쟁을 하던가… 전쟁을 막던가. 솔직히 가족 앞에서 이런 말해서 미안하긴 한데. 아닌 건 아니지. 난 신분 같은 건 신경 안 써. 그런데 여자를 볼 때 외모는 신경 써. 내가 세상에 수많은 미인을 놔두고 총 맞았냐? 아니다 총 맞아도 안 되지. 죽기 직전에도. 죽더라도 안 되는 건 안 되는 거지. 너도 왕자로서 할 일이 생겼어. 너희 누나가 내 눈에 띄지 않도록 막아. 그건 영국의 평화를 위해서라도 꼭 해내야 할 일이다."

"혀… 형님…"

윌슨은 부정하지 못하는 자신이 싫었다. 아무리 가족이라지만… 공주라지만…. 영화에서 보던 공주와 너무도 닮았기에…. 정말 피부색만 초록색이었다면…. 몬스터로 오해받아 큰일이 났을 지도 모를 일이었다는 생각에 자신의 가슴을 쓸어내렸다.

◆

한참동안 보스몬스터에게 가기 위한 길을 뚫으며 영국의 헌터들과 아영과 소영은 애를 쓰고 있었다.

지후는 보스 전을 위해 체력을 아낀다며 팔짱을 낀 채로 태연히 구경하고 있었다.

원래 불구경, 싸움구경만큼 재미있는 게 없다. 그런데 지금 그 두 가지를 모두 보고 있으니 지후는 팝콘을 준비하지 못한 스스로의 어리석음을 탓할 뿐이었다.

아영과 소영이 몬스터들과 싸우는 모습을 보며 지후는 아빠미소를 짓고 있었다.

아직 한참 멀었지만 실력이 느는 게 눈으로 보이니 뿌듯했기 때문이다.

지후가 자신을 보면서 미소를 짓고 있는 모습을 보면서 아영과 소영은 그 미소에 보답하기 위해 더욱 노력했다.

지후는 영국의 헌터들의 수준이 세계적으로 높다고는 들었지만 기대이상이라서 내심 많이 놀라고 있는 상태였다.

미국이 세계1위의 헌터강국으로 알고 있었는데 막상 보니 영국이 더 좋았다.

특히 기사단이라는 놈들은 싸울 줄 안다고 해야 할까? 검술을 안다고 해야 할까?

뭐랄까 기사들은 다들 검법을 제대로 배운 것 같았다.

그리고 기사단장인 윌로드는 미국에서 봤던 S급 헌터들보다도 수준이 높았다.

마력양은 약간 낮아보였지만 기술이나 실력이 훨씬 뛰어나 보였다.

'흠. 이게 영국의 검술이란 건가?'

몬스터들이 어느 정도 정리가 되자 지후는 내공을 끌어올리며 보스몬스터와 아직 정리가 되지 않은 몬스터들을 향해 강기를 난사했다.

흙먼지가 걷히자 주변엔 보스몬스터를 제외한 더 이상의 몬스터는 없었고 본격적으로 지후와 보스몬스터의 일대일 대결이 시작되었다.

쾅! 쾅쾅쾅! 콰아앙!

지후는 보스몬스터의 갑옷을 사정없이 두들기고 있었고 지켜보는 영국의 헌터들과 기사들은 등이 축축하게 젖어갔다.

적이지만 너무 불쌍하게 일방적으로 맞고 있었기 때문이다.

어른이 아이에게 휘두르는 폭력이 저럴까?

한 대 한 대 맞을 때마다 보스몬스터는 비명을 지르고 있었지만 쉴 틈 없이 맞느라 비명조차 제대로 지르지 못하고 있었다.

지후는 5분정도를 때리고 또 때리며 일방적인 구타를 이어갔고 결국은 준S급의 보스몬스터를 말 그대로 때려 죽이고야 말았다.

지후의 실력이 빠르게 현경을 향해 가고도 있었고 이미 파악이 끝난 같은 적을 상대로 시간을 끌 지후가 아니었기에 보스몬스터와의 전투는 허무하게 끝났다.

월슨은 그런 지후를 보며 전율을 느끼고 있었다.

'혀… 형님…. 저게 세계최강의 헌터의 힘? 정말 세상은 넓구나… 내가 알고 있던 세상은 그저 작은 새장이었어….'

그동안 영국의 검술이 최고라고만 생각했고 자신의 형이 최고의 헌터이자 기사라고만 생각했었는데 지후의 압도적인 무력을 보자 자신이 우물 안 개구리였다는 사실을 느끼고 있었기 때문이다.

어려서부터 강해지고자하는 열정이 누구보다 남달랐지만 영국에서의 스스로의 처지가 참 애매하다는 사실도 스스로 알고 있었다.

왕족이지만 이미 다음 왕위는 첫째형으로 내정이 되어있었고 아무리 강해지더라도 둘째형으로 인해 기사단장이 될 수도 없었기에 요즘은 열정을 잃고 회의감에 빠져 있었던 것도 사실이었다.

하지만 지후의 전투를 보자 월슨은 그동안 자신에게 잃어버렸던 열정이 살아나며 자신의 모든 것을 내던지더라도 지후를 따라가고 싶다는 열망이 가슴속을 지배하게 되었다.

◆

　지후가 영국에서 보스몬스터를 잡은 지도 1주일 정도가 흘렀고 영국은 안정을 찾았다. 아직 웨이브를 막아내지 못한 국가의 대사들이 지후를 찾아오기 시작했다.

　물론 지후는 만나주지 않았다.

　아직 막지 못한 나라는 5개 국가가 남아있었는데 굳이 지후가 나서지 않아도 충분히 막을 수 있어 보였기 때문이다. 물론 피해는 크겠지만.

　그건 그 나라의 사정이지. 지후의 사정이 아니니까 관계가 없었다.

　뭐 사실 미국과 영국은 지후 덕에 피해를 심하게 본 편은 아니었다.

　물론 엄청난 피해고 재난이었지만 다른 나라들이 보기에는 미약한 수준이었다.

　다른 나라들은 이번 웨이브를 막으며 엄청난 숫자의 헌터가 희생되었고 폭격으로 인해서 국토도 엄청 망가졌기 때문이다.

　아직 웨이브를 막지 못한 남은 4개의 국가는 어떻게든 수습이 가능해 보였지만 일본은…. 뭐랄까? 답이 없다고 해야 할까?

　영국에 있는 일본 대사가 지후를 찾아왔지만 지후는 만나주지 않았다.

지후는 요즘 자신에게 달라붙은 거머리들로 인해서 충분히 피곤했기 때문이다.

바로 영국의 공주와 왕자인 윌슨이었다.

물론 지후도 윌슨이 싫었던 건 아니지만…. 글쎄…. 딱히 윌슨을 받아줄 이유도 없었다.

공주가 자꾸 들이대니까 윌슨한테도 점점 짜증이 난달까?

"형님. 제발 저와 대련한번만 부탁드립니다!"

"싫어."

"형님 제발 한번만…."

"귀찮게 하지 마라."

"형님…."

"나랑 대련할 필요 없어. 가서 검법이나 수련해. 영국은 제대로 된 길을 가고 있는 것 같던데?"

"네?"

"헌터들은 아니지만 기사들은 그래도 너무 한 포지션에 얽매이지는 않는 것 같던데? 검술 때문인가?"

지후는 지난번에 느꼈던 의문을 윌슨을 떠봄으로서 해결하고 있었다.

"저희도 형님을 보면서 앞으로는 어느 정도 멀티가 가능한 헌터들의 시대가 올 것 같아서 기사들을 시험적으로 검술을 가르치고 있습니다. 중국이나 다른 외국들도 그런 추세로 가는 것 같더라고요. 그래서 저희 영국도 요즘은 왕가에 내려오는 전통의 검술을 기사들이 익히고 있습니다."

"그래?"

미라클 길드도 그런 식으로 수련을 시키고 있는데 역시 이런 부분은 정말 빠르게 변하는군.

"뭐 아무튼 아영이나 소영이도 잘 들어. 뭐 내가 누누이 말했지만 포지션에 제한되지 마. 한 포지션에만 익숙해지면 더 이상 발전도 없는 거야. 한 포지션에서만 스페셜리스트? 좆까라 그래. 이건 게임이 아니라 현실이야. 만약의 상황에 대처도 못하고 뒤지는 것들은 반쪽짜리일 뿐이야."

"네. 오빠."

"열심히 할게요. 지후씨."

윌슨은 아영과 소영이 지후에게 지도를 받고 있다는 사실이 너무나 부러웠고 자신도 저 세 사람과 함께 하고 싶다는 생각을 계속 하고 있었지만 자신의 신분과 현실이라는 벽을 넘지 못하는 스스로에게 한심한 마음을 느끼고 있었다.

"정말로 나랑 대련이 하고 싶으면 네 누나가 내가 영국을 떠날 때까지 내 눈에 띄지 않게 해."

"네?"

"나 두 번 말하는 거 굉장히 싫어한다."

"네… 하지만…."

"하지만은 무슨. 그 정도도 못하면서 나한테 대련을 해 달라고? 나 그렇게 쉬운 사람 아니다."

공주는 지후가 욕을 아무리 해도 지후에게 들러붙었다.

착각도 정도가 있는데 무슨 막장드라마를 본 건지 의미를 잘못 파악한 건지 지후에게 자신은 나쁜 남자보단 착한 남자를 좋아하니 이제 나쁜 남자 연기를 그만해도 된다는 헛소리를 남발했다.

"해내겠습니다."

"그래. 요즘 영국과 전쟁을 해야 하나 심각하게 고민 중이었거든."

"……."

'형님은 한다면 하시는 분 같던데… 진짜 누나 때문에 영국에 전쟁이라도 나면 어떡하지. 이건 내 욕심 때문만이 아니야. 평화를 지키기 위해서야.'

윌슨은 그렇게 스스로에게 마인드컨트롤을 하며 공주를 막기 위해 불철주야 노력을 했다.

나중에는 자신의 형님들과 할머니에게 이 사실을 알렸고 전쟁을 피하기 위해선 공주를 잠시 감금하거나 외국에 보내야 한다는 소리까지 하기 일쑤였다.

어이없는 상황이지만 그렇지 않았다. 말 그대로 전쟁이다. 그리고 충분히 저지를지도 모르는 인간이 내뱉은 말이기에 상황은 심각했고 여왕은 기사단에게 공주가 방문

밖으로 한발자국도 나오지 못하도록 철통감시를 하게 하였고 무력을 사용해서라도 막아야 한다는 엄명을 내렸다.

졸지에 공주는 지후가 영국을 떠나는 날까지 감금을 당하게 되었다.

◇

지후는 한통의 전화로 인해 영국에서 즐기던 휴가를 멈추게 되었다.

그리고 잠시 기사단의 연무장으로 찾아가 보이는 대로 때려 부스며 화풀이를 하고 있었다.

덤으로 윌슨은 그토록 원하던 지후와의 대련을 할 수 있었고 지후에게 죽기 직전까지 맞았다.

그동안 지후가 우려했던 상황이 결국은 벌어진 것이다.

"그렇게 당부를 했건만…."

"어쩔 수 없으셨을 겁니다."

"그게 무슨 말이야?"

"제가 알아본 정보에 따르면 지후님이 미국으로 떠나실 때부터 미라클 길드에 많은 압박이 들어간 것 같습니다. 그리고 지후씨가 영국으로 가자 그게 극으로 치닫기 시작한 거고요."

"누가? 대체 왜 미라클 길드를 압박해?"

"일단 지후님이 속한 길드이기도 하고 가족이 있기도 하지 않습니까? 그러니 미라클 길드를 움직이면 지후님도 움직일 거라고 생각한 거죠. 지후님이 상대를 해주지 않자 일본은 그걸 노리고 대한민국의 정치인과 기업인들을 움직여서 미라클 길드를 압박해서 일본으로 보내게 한 것입니다. 정치권이나 기업들도 지후님에게는 말을 하기가 힘들지만 미라클 길드는 다르죠. 그리고 자리도 비우셨으니까요."

"잠깐만. 정치인? 기업인? 내가 잘못들은 건가? 대한민국에 나나 미라클 길드에 압박을 가할 미친놈들이 남아있었어? 내가 공명던전 사건 때 다 쓸어버린 거 아니었어?"

"지후씨가 거의 다 정리를 했지만 그 일에 개입하지 않은 정치인과 기업인들도 있으니까요. 뭐 그들은 지후씨 덕에 어부지리를 노리면서 요즘 살판난 것 같더군요."

"하… 걔들 혹시 친일파야?"

"조사를 더 해봐야 해서 아직 친일판지 아닌지는 알 수 없습니다. 사실 일본이 망하면 우리나라도 적지 않은 타격을 봅니다. 일본에서 수입하는 부품이 대한민국의 산업에 많이 쓰이고 있으니까요. 그렇다보니 지후씨가 없는 틈을 타서 미라클 길드를 압박해서 일본으로 가게 한 것 같습니다."

"미친… 그럼 미라클 길드는 지금 왜 전부 일본에서 감금이 된 건데?"

"그 부분은 처음부터 노렸다고 봐야할 것 같습니다. 미라클 길드가 좋은 길드인건 사실이지만 지후씨처럼 압도적이거나 그런 건 아니니까요. 처음부터 지후씨를 노리고 불러들인 미라클 길드라고 해야 맞겠죠."

"함정에 빠졌다는 건가…. 그런데 뭐 때문에 감금이 되?"

"레이드 도중 일본인들이 계속 미라클 길드원들을 비하하며 욕을 했다고 해요. 그러다가 결국은 시비가 붙어서 약간의 소란이 있었는데 그걸 핑계로 지금 모든 미라클 길드원들을 감금하고 있고요. 제가 보기엔 일부러 시비를 걸어서 사건을 억지로 만들었다고 봐야 할 것 같아요."

"그래서 미라클 길드원들을 내가 와야 풀어준다는 거야?"

"정확하게는 지후씨가 보스몬스터를 잡고 일본의 웨이브를 정리하면 풀어주겠다고 해요. 이번 폭력사건과 지난번 일본정부요원을 폭행했던 일도 다 없던 일로 해주겠다고… 대신 보스몬스터와 웨이브를 정리하라고…. 계약금도 없고 일본에서 잡은 모든 몬스터에 대한 권리는 자기들이 갖는다는…."

나를 공짜로 노예 부리듯이 쓰겠다고?

"살다보니까 내가 이런 경우를 다 당하네? 인질을 잡고 있다는 건가? 진짜 강도네. 아주 생 양아치야."

"어떻게 하실 생각이세요?"

"어떻게 하긴 뭘 어떻게 해. 가야지. 가서 일본이 원하는 데로 다 해줘야지."

"네에?!"

아영은 지후가 순순히 일본에 가서 저 요구를 들어 준다는 게 이해가 가지 않았다.

충분히 일본의 억지였고 지후가 저런 말도 안 되는 요구를 들어줄 사람이 아니었기 때문이다.

"일본으로 가는 비행기부터 구해. 가장 빠른 편으로."

'너희가 누구한테 강도짓을 하려고 한 건지 똑똑히 보여주지. 먼저 강도짓을 하려고 한 거니까 정당방위겠지?'

지후는 어딘가로 전화를 걸어 정보를 구했고 그 정보를 토대로 계획을 세웠다.

"너 내 친구 맞지?"

[당연하고 말고. 자네는 나와 미국의 친구네.]

"그래? 그럼 부탁 좀 하자. 싫다면 억지로 따라올 필요는 없어."

지후와 친구는 대화를 통해 얘기를 주고받았고 지후의 계획을 듣자 경악을 할 수밖에 없었다.

[정말 그렇게 할 생각인가?]

"그럼 내가 이대로 당해줄 거라고 생각했어?"

[하지만 상대는 국가라네.]

"알아야지. 국가고 나발이고 나를 건들면 어떻게 되는지.

마음 같아선 일본에 있는 화산들에 강기를 난사해서 다 폭발이라도 시키고 싶은 마음이라고."

[그건 참아주게. 그렇게 되면 죄 없는 민간인의 희생도 피할 수가 없네.]

"그러니까 다른 방법을 쓰려는 거지. 그런데 너네랑 일본이랑 동맹인데 괜찮겠나?"

[어쩔 수 없지 않나. 일본과는 동맹이지만 자네와는 친구라네. 어차피 친구의 계획대로 된다면 일본은 한참이나 퇴보될 수밖에 없네. 다른 사람이나 나라였다면 막았겠지만 자네는 그게 되지 않지. 괜히 친구에게 미움 받고 싶은 생각은 없으니 친구를 돕는 게 맞겠지.]

"생각 잘 했어. 그럼 오키나와에 준비시켜. 그리고 내가 부탁한 정보 좀 빨리 보내."

[알겠네. 이번에도 좋은 연기 부탁하네.]

지후는 전화를 끊고는 일본을 생각하며 사악한 미소를 짓고 있었다.

이럴까봐 국내에서 내실을 키우라고 형이랑 누나한테 그렇게 말을 했건만.

건방지게 미라클 길드에 압박을 넣은 새끼들은 뭐 내가 손을 쓸 필요도 없이 허수아비에게 시키면 될 것 같고.

일본은 내가 스스로의 약속까지 어기고… 찾아가니… 제대로 선물을 주고 와야겠지.

그리고 미라클 길드도 이제 나와야겠네.

이름만 올려놓겠다고 했는데 그것도 제대로 감당 못해서 휘둘리고 다니고 있으니….

뭐 이제는 나한테 미라클 길드라는 방패도 필요 없지. 사고 수습의 스페셜리스트가 팀원으로 있으니.

지후는 생각에 잠긴 채로 가장 빠른 도쿄 행 비행기에 올랐다.

지후가 일본에 도착하자 일본 언론은 대대적으로 지후가 일본에 도착했다는 사실을 알렸다.

하지만 가장 피해가 커서인지 지후가 한국인이어서 인지는 모르겠지만 일본 언론들의 지후를 향한 반응은 싸늘했다.

지후가 늦게 와서 피해가 커졌다는 말도 안 되는 말로 여론을 선동했기 때문이다.

일본이 고통 받는 와중에 지후가 영국에서 휴가를 즐겼다며 지후에게 안 좋은 여론을 형성시켜 갔다.

사실 지후가 휴가를 보내던 말든 일본이 무슨 상관이란 말인가?

지후는 그런 기사들을 보며 어이가 없었지만 겨우 참아내고 있었다.

그런 지후를 보면서 아영과 소영은 불안함을 느끼고 있었다.

언제 터질지 모르는 화산 같다고 해야 할까?

차라리 평소처럼 화를 내거나 한다면 조금 덜 불안할 것
같았다.

17. 일본

17. 일본

   지후는 자신의 방으로 찾아온 일본인을 보며 인상을 찡그리고 있었다.

   지난번에 지후와 마찰이 있었던 일본정부의 직원인 료스케였던 것이다.

   "또 뵙는군요. 지난번에 있었던 불미스러웠던 일은 제가 마음 넓게 이해해 드리겠습니다."

   '하…. 일본엔 사람이 이렇게 없나? 나 같으면 저런 새끼는 당장 (목을) 잘라버렸을 텐데. 뒷배가 어지간히 좋은가 보네.'

   지후는 들으라는 듯이 혼잣말을 했고 지후와 감정이 결코 좋지 못한 료스케는 발끈했다.

료스케와 지후의 마찰이 있던 동영상은 전 세계로 퍼졌었기에 료스케도 지후에게 사실 감정이 좋지 않았다.

그 영상으로 인해 자신의 입지에 적지 않은 피해를 입었기 때문이다.

그리고 지금 미라클 길드가 감금되어 있기에 자신이 갑이라는 생각으로 이 자리에 나온 것이었다.

사실 미라클 길드를 감금시키는 계획도 다 료스케의 머리에서 나온 생각이었던 것이다.

그는 지후에게 복수할 그 날만을 생각하며 일본에서 이를 갈고 있었던 것이다.

"여전히 말이 심하시군요. 감금중인 미라클 길드원들은 걱정이 안 되시나 봅니다?"

"이미 나한테 실수를 했던 놈을 다시 보낸다는 건 나한테 시비를 거는 건가? 아니면 일본엔 사람이 없나?"

"시비라니요. 지금 시비는 당신이 걸고 있는 거죠. 감금중인 동료를 생각하시면 이러셔서 좋을 게 없으신대 말입니다."

"너 생각보다 재미있는 놈이네? 나한테 협박을 다 하고 말이야. 그런데 내가 동료를 버리고 그냥 일본을 떠난다면?"

"이미 입국을 한 이상 당신은 떠나지 못합니다."

지후는 이미 엄청난 수의 헌터들이 자신의 주변에서 감시중이라는 사실은 알고 있었다.

"어제부터 감시중인 놈들? 착각하지 마. 내가 마음먹으면 모두 죽여 버리고 가면 되."

"그럼 당신도 죽겠죠. 이 많은 헌터를 홀로 상대할 수 있다고 생각하십니까?"

"당연하지. 대한민국에선 나 하나 죽이겠다고 헌터와 군이 연합해서 쳐들어 온 적이 있었어. 물론 내가 깔끔하게 제압했지."

"대한민국의 헌터라고 해봐야 일본의 우수한 헌터와는 질적으로 다르죠."

"지랄하고 있네. 웨이브도 못 막는 것들이."

"그건…."

"그리고 내가 네 모가지를 잘라버릴 거란 생각은 정녕 안 해봤나봐?"

"그럼 당신은 일본의 적이 되는 것입니다."

"이미 일본이랑 나랑 좋은 관계는 아니지. 적이 되던 말든 알바도 아니고. 그리고 일본도 생각이 있다면 웨이브를 막은 것도 아닌데 내가 네 모가지를 잘랐다고 어떻게 하지 못할걸. 막을 수 있었으면 미라클 길드까지 엮어서 나를 데려오려고 쇼를 하진 않았을 테니까."

순간 지후는 료스케에게 살기를 집중시키기 시작했다.

료스케는 몸을 떨면서 그동안 잊고 있었던 지난번의 공포가 떠오르고 있었다.

"머… 멈춰…."

"쫄기는. 그렇게 쫄보면서 대체 왜 까부는 거야?"

지후는 료스케에게 가했던 살기를 거두어 주었다.

아직은 참아야 했다. 일본이라는 메인 요리를 먹기 전에는 스스로의 계획대로 움직여야 했기 때문이다.

"힘 좀 있다고 우리 대일본제국을 너무 우습게 보는구나! 내 명령 한마디면 당장 너를 죽여 버릴 수도 있어!"

료스케는 지후에게 다시 공포를 느낀 스스로에게 화가 나 더욱 흥분을 하고 있었다.

"네가 명령을 내리기 전에 난 네 대가리를 잘라 버릴 수도 있어."

"그런다면 미라클 길드가 무사할 거라고 생각하나?"

"이해가 안 간단 말이지. 넌 대체 뭘 믿고 이렇게 까부는 걸까?"

"너야말로 힘만 믿고 까불지 마라! 세상은 힘이 전부가 아니야. 우리 일본의 말 한마디면 세계가 움직이지. 네가 믿고 날 뛰는 미국도 우리 편이란 말이다. 대한민국이 미국의 동맹이라고는 하지만 일본과는 급이 다르지. 미국이 누구의 편을 들 거라고 생각하지? 다른 나라들은? 고작 조센징 따위가 까불만한 일본이 아니란 말이다! 우리가 한마디 하면 대한민국은 끝인 거야. 너 같은 헌터나부랭이는 그냥 몬스터랑 뒹굴면 되는 거야. 주제를 파악하고 설치라고!"

"크크큭. 그래. 헌터나부랭이는 몬스터랑 뒹굴어 줄게."

'언제 적 일본이야? 지금 웨이브에 다 망해 가는데. 그리고 세계가 움직인다니? 착각도 정도껏 해야지. 너네 망하는데 누가 도와주디? 그리고 미국은 너희 편이 아니야. 이미 나한테 정보도 다 보냈어. 그리고 이젠 일본보다 내 영향력이 크지. 너 같은 병신 같은 생각을 하는 것들한테 이번에야 말로 내가 어떤 인간인지 제대로 보여주지.'

"훗. 왜 생각해보니 무섭나? 대일본제국의 무서움이 느껴지나?"

"무서워서 바지에 지릴 것 같네."

"끝까지 건방지군."

"더 이상 짓거리면 난 일본을 떠나도록 하지. 미라클 길드? 당장은 어쩔 수 없겠지만 언젠간 풀어줘야 할 걸? 시간을 끌수록 너희한테도 좋을 건 없어. 이미지? 그런 걸 내가 신경 쓸까? 나야 어차피 일본에선 이미 충분히 욕을 많이 먹어서 상관없어. 그리고 욕이야 다른 나라에 가서 만회하면 되니까. 그러니까 너도 적당히 하지? 내가 만약 돌아가 버리면 네 입장도 결코 좋지는 못할 텐데."

'참을 인 세 번이면 호구라던데… 이번엔 특별히 호구연기를 해주지.'

료스케는 화는 났지만 이대로 지후가 돌아가 버려서 웨이브를 막지 못한다면 일본이 망할 지도 몰랐기에 참을 수밖에 없었다.

료스케는 간단하게 상황을 설명하고 지후에게 몬스터를

잡으라고 말하고는 방을 나갔다.

"지후씨. 정말 이대로 일본의 웨이브를 정리하실 계획이십니까?"

"맞아요. 오빠. 이건 자원봉사도 아니고 강탈이에요. 아무리 오빠가 많은 돈이 있지만 이건 아니잖아요."

"소영이 너는 요즘 갈수록 의외의 모습을 보여주네? 아영이도 그렇고? 너희 둘 다 사람을 살리기 위해서라면 손해는 아까워하지 않았잖아."

"상대가 일본이잖아요. 그저 베풀 정도로 좋은 사이도 아니고요."

"맞아요. 이렇게 끌려 다닌다면 다음에 제2의 일본이 나올 수도 있어요."

"걱정하지 마. 내가 다 생각이 있으니까. 그러니까 너희는 묻지도 따지지도 말고 내가 시키는 대로만 하도록 해."

제 2의 일본? 나오면 나야 땡큐지.

어차피 사람의 욕심은 끝이 없고 했던 실수를 반복하지.

분명 제2, 제3의 일본은 어디에서든 나오겠지.

"하지만 미국과 영국에서도 지후씨는 보스몬스터를 위주로만 상대했잖아요. 일본은 모든 몬스터를 상대함에 있어서 지후씨를 선봉으로 세우려 하고 있어요. 이건 상식적으로 말이 안 돼요."

"나도 다 생각이 있으니까 그 문제는 그만 얘기하자고."

지후는 아영과 소영과 함께 선봉에 서서 몬스터를 정리하며 일본의 방방곳곳을 누비기 시작했다.

보스몬스터의 위치를 일본은 놓치고 말았기에 지후가 보스몬스터와 싸울 수 없었고 일단은 웨이브로 밖으로 나온 몬스터의 수를 줄이는 데 주력하고 있었다.

벌써 삼일 째 정신없이 웨이브만 정리하고 다니는 세 사람이었다.

세 사람 다 몰골은 초췌했고 그나마 지후는 컨디션이 좋아보였지만 두 사람은 제대로 된 휴식을 취하지 못해서 정신적으로도 힘겨워 보였다.

그리고 오늘 지후는 첫 번째 계획을 실행할 생각을 하고 있었다.

바로 감금된 미라클 길드원들의 탈출이었다.

오늘은 홋카이도에 있는 웨이브의 섬멸 작전이었다.

그리고 미국의 정보에 의하면 미라클 길드원들은 홋카이도에 감금되어 있었다.

미국은 지후가 일본에 도착할 무렵부터 오키나와의 방어를 위해서라며 일본을 돕던 미군들을 오키나와 기지로 불러들였고 미군들은 오늘 작전에 투입되기를 기다리고 있었다.

펑엉! 펑!

홋카이도에 모여 있는 몬스터들의 저항은 거셌다.

물론 지후에게는 별거 아닌 수준이었지만 지후는 삼일

연속 잠을 거의 안자며 강행군을 하는 모습을 보여주었고 오늘은 큰 힘을 발휘하지 못하는 모습을 보여주었다.

제대로 된 휴식 없이 계속 싸운 걸 일본정부와 헌터들도 알고 있었기에 누구도 지후에게 뭐라고 하지 못했다.

그리고 지후는 교묘하게 미라클 길드원들이 감금되어 있다는 호텔 쪽으로 몬스터를 유인하며 후퇴했다.

물론 그 과정에서 지금 지후와 함께 작전을 나와 있는 헌터들은 만신창이가 되어 가고 있었다.

일본정부는 지후의 힘을 믿고 지후와 작전을 하는 헌터들은 수준이 낮은 헌터들로 배치를 했기 때문이다.

"모두 저기 보이는 호텔 쪽으로 몬스터를 유인하며 후퇴합니다. 그리고 호텔을 방벽삼아 원거리 딜러들이 극딜 후에 근접딜러들과 제가 처리합니다."

지후와 헌터들이 호텔 쪽으로 몰려가자 호텔에 있던 미라클 길드원들을 감금중인 헌터들은 당황할 수밖에 없었다.

"뭐야. 저 자식들이 왜 여기로 오는 거지?"

"저기 이지후도 있잖아?"

"뭐 알고 오는 거 아니야?"

"그럴 리가. 철저하게 비밀로 통제되고 있다고 했어."

어느새 지후가 호텔 안으로 들어오자 호텔의 보안요원으로 위장하고 있던 일본정부의 헌터들은 긴장이 되었다.

"이 호텔의 보안과장인 요시다하고 합니다. 무슨 일로

저희 호텔로 오신 겁니까?"

"밖의 몬스터 웨이브가 생각보다 너무 거셉니다. 그래서 호텔을 방벽삼아 공격을 가할 생각입니다."

"이 곳은 호텔입니다. 그런 짓을 할 수는…."

"이렇게 하지 않으면 제 뒤에 있는 모든 헌터들도 다 죽습니다. 더는 저도 막아낼 방법이 없습니다. 그리고 이 호텔은 어차피 비어있지 않습니까? 민간인들도 다 대피소에 있을 텐데. 나중에 보상은 일본정부나 보험회사에 문의 하시고 지금은 작전에 따라 주시기 바랍니다."

요시다는 지후의 뒤에 있는 헌터들을 봤고 다들 상태가 좋아 보이지 않았기에 거절을 할 명분이 없었다.

여기서 괜히 거절을 한다면 괜한 의심을 받을 수도 있었기 때문이다.

"헌터로 보이시는데 좀 도와주실 수 있으시겠습니까? 한 손이라도 더 거들어야 호텔의 피해를 최소한 할 수 있습니다."

지후의 말에 요시다는 이를 악물었지만 따르지 않을 수가 없었다. 호텔의 보안요원이라고 소개 했는데 호텔의 피해를 최소화하는 데 힘을 보태지 않는다는 것도 이상했기 때문이다.

"저희가 어떻게 도와드리면 되겠습니까?"

"일단 호텔 안에 있는 헌터들을 모아주시고 원거리공격이 가능한 분들은 몬스터들이 접근하면 극딜을 해주시면 됩니다. 그 후에 저와 근접딜러들이 공격을 할 때 근접공격이 가능하신 분들이 함께 해주시면 될 것 같습니다."

미라클 길드원들을 지키고 있던 헌터들을 최소한으로 한후에 요시다를 필두로 호텔에 있던 일본의 헌터들이 모이고 있었다.

"생각보다 호텔을 지키고 있던 헌터들이 많네요?"

요시다는 뜨끔했지만 나름대로 대처를 잘 했다.

"웨이브가 끝나면 다시 정상적으로 영업을 해야 할 텐데 호텔에 피해가 크면 운영을 할 수 없으니까요. 그래서 호텔로 접근하는 몬스터들을 처리하기 위해 저희 호텔의 회장님께서 각 호텔마다 헌터들을 배치하셨습니다."

"그렇군요. 이제 몬스터들이 몰려오네요. 모두 준비해주세요. 작전은 간단합니다. 제가 신호를 하면 원거리 딜러분들은 극딜을 해주세요. 리타이어가 되더라도 최대한 공격해 주세요. 근딜들도 대기하고 있다가 원거리 딜러 분들이 리타이어를 한다면 바로 뛰어갈 수 있도록 집중하고 계시고요."

빽빽하게 몰려드는 몬스터들을 보면서 호텔 안에 있는 헌터들은 긴장을 하고 있었다.

보안과장과 휘하의 헌터들도 몰려오는 몬스터들을 보자 걱정이 되어 무기를 움켜잡고 있었다.

원거리 딜러들은 지후의 신호를 기다리며 긴장어린 눈빛으로 바라보고 있었고 지후는 아직 아니라는 신호를 보내고 있었다.

몬스터와 거리가 50미터까지 가까워지자 지후의 손이 하늘로 올라갔고 입이 열렸다.

"전원 공격!"

지후의 입에서 신호가 떨어지자 준비하고 있던 원거리 딜러들의 공격들이 몰려드는 몬스터들을 향해 날아갔다.

퍼엉! 펑! 펑펑펑펑!

콰아아아앙! 쾅!

엄청난 폭음소리가 계속되며 밀려드는 몬스터들은 어느새 30미터 앞까지 밀고 들어오고 있었다.

"어떻게 해! 계속 밀고 올라오고 있어!"

"우리 다 죽는 거 아니야?"

상황은 지후가 원하는 방향으로 돌아가고 있었다.

사실 2천에 가까운 몬스터를 지금 2백의 오합지졸들로 막기란 쉬운 게 아니었다. 사실상 불가능 했다.

물론 지후는 가능했다. 혼자서도. 하지만 지후는 그렇게 할 생각이 없었다.

"걱정 말고 원거리 딜러들은 모든 마력을 쏟아 부어! 만약에 이거 막아낸 다음에 마력이 남아 있는 놈들은 내 손에 죽을 줄 알아!"

지후의 말에 원거리 딜러들은 이를 악물었다.

헌터들은 지후가 방법이 있으니까 저렇게 말한다고 생각

하며 직접 본 건 처음이지만 세계최고의 헌터라는 사실은 알고 있었기에 무언가 수가 있을 거라고 믿을 수밖에 없었다.

'리타이어 하고 다 죽어버려. 내 손에 죽는 것보단 몬스터한테 죽는 게 너희한테 더 좋을 거야.'

아무도 모르게 지후는 어그로 아이템을 교묘하게 사용해서 몬스터들을 호텔로 유인하고 있었다.

그리고 지금 그 결과가.

"과장님. 위에 있는 미라클 길드원들을 데리고 와야 하는 것 아닙니까? 이대로라면 힘들지도 모릅니다."

"조용히 해. 만약 저 사람이 그 사실을 알게 된다면 어떻게 될 것 같나?"

"죄… 죄송합니다."

부하직원은 요시다의 말에 자신이 경솔했다는 사실을 인정하며 무기를 움켜쥐고 몬스터들을 바라보았다. 하지만 이렇다 할 돌파구가 보이지 않자 심란함을 감추기는 힘들었다.

원거리 딜러들은 하나 둘씩 쓰러지기 시작했고 10분정도의 극딜이 끝나자 자리에 서있는 원거리 딜러가 없었다.

어느새 몬스터들은 20미터 앞까지 접근했고 다들 지후를 바라보고 있었다.

지후는 근접딜러들에게 전원 공격을 외치며 달려 나갔다.

하지만 지후는 몬스터들을 많이 죽이고 있지 않았다.

하나 둘 헌터들이 몬스터들에게 죽어가고 있었고 그 모습을 미소를 짓고 바라보고 있었다.

"이지후씨. 지금 뭐하시는 겁니까! 지금 제 부하들이 죽어가는 게 안 보이십니까!"

보안과장은 소리치며 지후를 봤다.

지후 또한 몬스터와 싸우고 있었지만 영상으로 봤던 압도적으로 몬스터를 학살하던 모습은 아니었다.

"나도 싸우고 있잖아. 3일 동안 잠도 제대로 못자고 몬스터만 상대했는데 나라고 제대로 싸울 수 있겠어!"

사실 힘은 남아돌아. 나 컨디션 베스트야. 그런데 그 힘을 너희를 위해 조금도 쓰고 싶은 생각이 없어.

"하지만…."

"그럼 한 마리라도 더 죽여! 너희들의 일본을 위해서!"

지후는 웃으며 몬스터들을 가볍게 상대하고 있었고 그 미소를 보자 보안과장은 이상한 생각이 들었다.

지후의 겉모습은 초췌해 보였지만 얼굴표정이나 움직임을 보면 지친 사람의 움직임은 아니었기 때문이다. 그냥 성의 없게 싸우는 모습이랄까?

"설마 당신… 일부러…."

"오! 눈치가 제법인데? 난 죽을 때까지 아무도 모를 줄 알았는데."

"이 개자…."

보안과장이 말을 끝맺기도 전에 지후는 상대하던 몬스터를 잡아 보안과장에게 던져버렸다.

친절하게도 몬스터의 아가리를 보안과장의 머리를 조준해서 말이다.

보안과장은 몬스터를 상대하던 중 갑작스럽게 지후가 몬스터를 자신에게 던져버리자 당황했고 제대로 방어를 하지도 못한 채 몬스터에게 씹어 먹히고 있었다.

그리고 지후는 보안과장의 죽음을 확인하자 자리를 떠났다.

자신과 함께 온 헌터들과 호텔에 있던 헌터들이 하나둘 죽어나가기 시작했고 몬스터들은 호텔 안에 있던 쓰러져 있던 원거리 딜러들마저 학살하기 시작했다.

순식간에 호텔은 아수라장으로 변해갔고 헌터들은 혼란 속에 도망을 치다 죽음을 맞이했다.

지후는 기감을 펼쳐 미라클 길드원들이 10층의 연회장에 모여 있다는 것을 느낄 수 있었다.

연회장 앞에는 미라클 길드원들을 지키고 있는 20명의 헌터들이 있었지만 지후는 빙백신장을 사용해 순식간에 얼려 버렸다.

쾅!

지후는 연회장의 문을 부스고 들어갔고 그곳엔 감금되어 있던 미라클 길드원들이 지후를 보며 놀라고 있었다.

연회장 내에서 지키고 있던 헌터들은 순식간에 지후에게

달려들었지만 지후는 눈 하나 깜짝하지 않고 달려들던 모든 일본인 헌터들을 가볍게 죽여 버렸다.

시체에 있는 열쇠를 꺼내 누나와 매형의 마력 구속구를 풀어주었고 나머지는 일사천리였다.

"지후야… 여긴 어떻게…."

"뭘 어떻게야! 구하러 왔지."

"정말 미안해…."

누나는 풀이 죽은 채로 고개를 제대로 들지 못하고 있었다.

매형 또한 마찬가지였다.

"내가 내실을 키우라고 했지? 외국으로 눈을 돌릴 때가 아니라고. 주위에서 띄워준다고 혹 하냐? 그렇게 엉덩이들이 가벼워?"

"미안…."

"그리고 그런 압박들은 내가 전부터 무시하라고 했잖아."

"하지만…."

"협박을 하면 무시해. 어차피 말뿐이지. 실제로는 아무 짓도 못할 놈들인데. 아무튼 이제 집으로 돌아가자고. 그리고 나 길드 탈퇴한다."

길드원들은 구속구를 벗자 자신들이 빼앗긴 아이템들이 모여 있는 곳으로 가서 자신의 아이템을 하나 둘 찾아가기 시작했다.

"응? 갑자기 왜 탈퇴를…?"

"뭘 갑자기야. 이렇게 휘둘리고 다니면서 앞으로는 어쩌게? 뭐 나가더라도 크게 달라질 건 없어. 동맹 길드 형식으로 가자고 난 그냥 아영이랑 소영이만 데리고 팀을 운영할 생각이니까. 내가 나가면 나 때문에 오던 압박도 엄청 줄어들 거야. 그래도 내가 알려준 방법대로 수련을 하면서 내실을 키운다면 미라클 길드는 세계적인 길드가 될 수 있어. 그러니까 제발 두 사람은 당분간은 국내에서 수련이나 하세요."

"응…."

"그런데 어떻게 빠져나갈 생각이야? 여긴 이미 몬스터에게 포위 된 거나 다름없던데."

"포위가 아니지. 이미 호텔 안으로 몬스터들이 들어왔는데."

"그럼 어떻게 하게? 지금 우리 상태로는 몬스터들과 싸우기 힘들어. 마력 구속구를 너무 오랫동안 하고 있어서 아직 마력이 돌아오려면 시간이…."

"전부 옥상으로 가. 곧 우리를 데리러 올 거야."

다들 지후가 뭔가 방법이 있으니 옥상으로 가자는 거라고 생각하곤 빠르게 옥상으로 이동했다.

옥상으로 이동을 하고 1분 정도의 시간이 조금 지나자 어디선가 헬기의 로터음이 들려오고 있었고 엄청난 수의 헬기가 이곳을 향해 오고 있었다.

바로 오키나와 기지에 있는 미군헬기들이었다.

지후는 사전에 오마바에게 헬기들을 요청했고 지금 이것은 그 계획의 한 부분이었다.

모두 헬기를 타고 오키나와의 미군기지로 이동했고 그곳에 준비된 미군의 수송기를 타고 미라클 길드원들은 한국으로 귀국했다.

물론 아영과 소영도 그 비행기로 미라클 길드원들과 함께 귀국했다.

그 두 사람은 돌아가지 않으려고 했지만 지후가 방해만된다며 앞으로 이런 상황이 왔을 때 자신과 함께 있고 싶다면 빨리 수련을 해서 강해지라고 말하며 두 사람을 대한민국으로 보내버렸다.

물론 돌아가서 해야 할 일거리들을 두 사람에게 잔뜩 건네주었다.

그나마 지후의 힘을 가장 잘 아는 건 그 두 사람이었기에 하는 수 없이 미군의 비행기에 탈 수밖에 없었다.

지후라면 어떻게든 살아서 돌아올 테고 자신들이 지금은 지후의 발목을 잡고 있는 것도 사실이었기 때문이다.

미라클 길드원들의 구출과 대한민국으로의 탈출까지는 정말 일사천리로 이루어졌다.

뒤늦게 이 사실을 알게 된 일본정부는 발칵 뒤집혔고 일본의 총리와 료스케는 오키나와 미군 기지로 날아 왔다.

"사령관님! 이게 대체 무슨 일입니까! 어떻게 미국이 저희에게 이럴 수가 있다는 말입니까!"

"저희야 위에서 내려온 명령에 따랐을 뿐입니다."

"그게 무슨 말씀이십니까!"

"뭐긴 뭐겠어. 내가 친구한테 전화해서 여기 도저히 웨이브 때문에 방법이 없으니까 헬기 좀 보내달라고 했지. 그래서 헬기를 타려고 올라가는데 아직 생존자들이 호텔에 남아있었는지 뭔가 인기척 같은 게 느껴지는 거야. 어쩌겠어. 구해야지. 그래서 가봤는데 내가 아는 얼굴들이 있네? 그래서 구했지 뭐. 좀 잘들 숨겨두지. 그런 곳에 숨겨두고 그랬어. 너희는 정말 생각이라는 게 없나봐? 만약 내가 발견을 못했다면 미라클 길드원들은 구속구를 찬 상태로 몬스터들에게 씹어 먹혔겠지?"

"이 자식이! 처음부터 다 알고 있었지! 그래서 일부러 그곳으로 가서 일본헌터들을 몰살시킨 거지!"

"상식이 그렇게 없나? 너희도 알 텐데? 삼 일 밤낮으로 제대로 잠도 못자고 몬스터들이랑 싸움만 했어. 그런 내가 마력이나 체력을 제대로 회복할 시간이 있었을까? 그리고 너희야 말로 인질들의 안전을 그런 식으로 방치해서 되는 건가? 하마터면 다 개죽음을 당할 뻔 했는데?"

"네가 호텔로 가지만 않았으면…!"

"너 초딩이냐? 그걸 핑계라고 대는 거야? 어이 총리! 일본에는 그렇게 인재가 없어? 저런 딜떨어진 놈을 대체 왜 쓰는 거야?"

"가, 감히! 누구한테 그런 소리를."

"료스케 그만하지. 너무 흥분한 것 같군."

총리의 말에 료스케는 흥분을 가라앉힐 수밖에 없었지만 움켜진 주먹은 풀지 않았다.

"죄송합니다…."

"그럼 이제 용건도 끝난 것 같은데 이만 꺼져 주시죠."

"말 다했어! 어디 건방지게 조센징 따위가 총리님 앞에서!"

"그만! 자네는 당장 이 방에서 나가!"

"지금 조센징이라고 했나? 쪽바리."

지후는 낮게 깔린 음산한 목소리로 말하며 앉아 있던 의자에서 일어나 료스케의 앞으로 걸어가고 있었다.

"다 망해가는 쪽바리 새끼들이 어디서 엥엥 거리는 거야! 앙? 건방도 정도껏 떨어야지."

지후는 바로 료스케의 멱살을 잡아서 들더니 총리가 앉아있는 책상에 료스케의 머리를 내려찍었다.

쾅!

"야 이 새끼야. 주제 파악을 해. 이제 인질도 없으면서 어디서 큰소리야!"

지후는 료스케의 머리채를 잡은 채로 총리의 앞에 계속 내리 찍었다.

총리의 앞에는 붉은 피와 하얀 이가 튀어 오르고 있었다.

"그… 그… 마… 안… 사… 려… 주…."

"어이 총리! 이제 상황 파악이 되?"

"……."

"처음부터 마음에 안 들었어. 나랑 트러블이 있는 쪽바리를 너희들의 대표랍시고 보내는 건 나에 대한 예의가 아니지. 거기다가 인질이라니… 발상이 너무 구시대적이잖아. 망해가는 일본. 침몰하는 일본. 그게 현실 아닌가? 건방지게 누구한테 갑질? 아니지 꼴갑질인가? 아무튼 상대를 봐가면서 해야지. 고작 섬나라 쪽바리 주제에."

"자네는 말이 너무 심하군. 자네가 강하다는 건 인정하지. 그렇지만 힘만으로 해결할 수 없는 게 있어. 만약 일본이 미국에 항의를 한다면? 동맹국인 우리를 버리고 네 편이라도 들 것 같나?"

총리는 지후가 료스케를 망가뜨리며 폭력적으로 나오자 자신도 모르게 긴장을 하게 돼서 되는 대로 말을 하기 시작했다.

"넌 개인이지만 일본은 국가야! 미국은 대한민국보다 일본 편을 들게 되어 있어!"

"글쎄… 착각하는 게 있는데. 나는 대한민국이 아니야. 대한민국은 대한민국이고. 나는 이지후야. 그리고 일본은 곧 있으면 망하겠지. 미국이 누구 편을 들까? 유치하게 네 편 내 편 가르고 있는 것도 웃기긴 한데. 그렇게 세계정세에 어두워서야 정치하면 안 되는 거 아닌가? 미국이 너희한테 얻을 게 뭐가 있다고 생각해? 경제적이든 정치적이든 망하면 끝인데? 너희는 웨이브도 해결 못하잖아. 이제는 폭격을 하기도 늦었고."

"……."

"만약 내가 이대로 일본을 떠나면? 너네가 나를 막을 수 있다고 생각해? 난 여기서 바로 뜰 건데? 설마 미군을 공격할 생각은 아니지? 뭐 해도 상관은 없어. 몬스터만 아니라 미국과도 전쟁을 치르려면."

상황파악을 한 총리는 주먹을 부르르 떨었지만 할 수 있는 게 없었다.

지후는 주먹을 들더니 발작을 하듯 부들부들 떨고 있는 료스케에게 주먹을 휘둘렀고 료스케는 그것을 끝으로 더 이상 숨을 쉴 수 없었다.

"아 이제 속이 좀 시원하네. 새끼 한주먹거리도 안되는 게 깝치긴."

지후는 일본에 도착해서 참아왔던 짜증이 조금은 풀리는 듯한 기분이 들었다.

료스케는 일본 정치계에 영향력이 엄청난 일본의 유서 있는 가문의 장자였기에 총리는 료스케의 가문에서 어떻게 나올지 상상하자 머리가 아파왔다.

하지만 그것도 일단은 일본이 유지가 되어야 하는 것이기 때문에 당장은 지후의 마음을 달래는 게 우선이었다.

그리고 총리는 이런 상황을 만든 게 전부 료스케 때문이었다며 만약 료스케의 가문이 이 일로 트집을 잡는다면 자신의 세력들을 모아서 한 판 붙을까 하는 생각도 하고 있었다.

처음 지후와 트러블이 생겨서 모든 일에 일본이 배제가 됐던 것도 료스케 때문이었고 이번에 미라클 길드를 감금하고 인질로 삼는 계획을 세웠던 것도 료스케였기 때문이다.

"사령관님. 그럼 대한민국 행 비행기 좀 띄워 주시죠."

"알겠습니다."

'인정할 건 인정해야 해. 이대로 이지후가 떠난다면 일본은 끝이다. 눈치로 보건데 미국도 일본을 도울 의사가 거의 없어 보이고… 내가 저 어린놈의 자식한테 머리를 숙여야 하다니… 어쩌다가 우리 일본이….'

"아이고 사령관님. 그리고 지후님. 이거 왜 이러십니까? 일본이 이 지경인데. 이대로 돌아가신 다뇨. 그동안 섭섭했던 게 있으시면 푸시고 저희 일본 좀 살려주세요. 이대로 지후님이 가버리시면 정말 일본은 멸망을 할지도 모릅니다."

"그걸 아는 사람이 나랑 시비가 있던 사람을 보냈어?"

"죄송합니다."

총리는 고개를 숙이며 지후와 사령관에게 사정을 하기 시작했다.

'료스케… 이 망할 녀석 때문에 모든 게 엉망이 된 거다. 일본의 총리인 내가 이런 대접을 받을 줄이야… 고작 한국의 헌터에게 이렇게 사정을 해야 하다니….'

"일본이 망하든 말든 내 알바가 아니지."

"일본에 있는 무고한 시민들을 생각해 주십시오."

"그걸 내가 왜 생각해? 난 일본인도 아닌데. 그리고 하루하루가 다른데 설마 같은 조건으로 일을 하라는 건 아니지? 이제 인질도 없는데?"

"물론 아닙니다. 드려야죠. 암요. 제가 섭섭지 않게 챙겨 드리겠습니다."

'이번 위기만 넘긴다면 내가 꼭 너에게 복수를 해주지. 이 치욕은 반드시 갚아주마.'

지후와 총리는 한참이나 협상을 했다.

"지후님. 지금 일본으로서는 그 정도 금액을 감당할 수가 없습니다. 웨이브가 끝나더라도 일본을 재건하려면 천문학적인 금액이 듭니다."

"그런 건 내 알바가 아니라니까? 막말로 난 일본이 멸망을 하던 모두 죽든 상관없어."

그래도 AV회사들이랑 배우들은 내가 인수해 줄게.

"지금 당장 선금으로 20조를 보내드릴 방법은 없습니다."

"알았어. 그럼 지금 10조원 보내. 난 입금확인 되면 다시 움직일 테니까 빨리 입금시키는 게 좋을 거야. 그리고 나머지 20조는 1년 내로 받는 거로 하지. 만약 어긴다면 그 뒷감당은 알아서 해야 할 거야."

"네 알겠습니다."

'감히 대일본제국을 상대로 이런 짓을 하다니… 우리 일본이…고작 헌터 한명에게 이런 수모를 겪어야 하다니….'

이제 시작이야. 난 뒤끝이 길거든. 일본을 아주 탈탈 털어주지. 강도짓이란 어떻게 하는 건지 내가 제대로 알려주지. 인질극? 이제부턴 모든 일본인이 내 인질 인거야. 너희는 사람을 잘못 건드렸어.

그 날 저녁 지후의 통장으로 10조원이 입금되었다.

입금확인을 하느라 계좌를 확인한 지후는 미국과 영국에서도 입금이 되어 있는 걸 확인하고는 은행 어플을 종료했다.

숫자가 너무 많아서 세는 걸 포기한 지후였다.

그냥 들어올 게 제대로 들어왔나 확인 할 뿐. 이제는 통장에 얼마가 들어 있는지 신경을 쓰지도 않는 지후였다.

지후는 오랜만에 푹 자고 일어나 오후부터 레이드를 나섰다.

오사카에 보스몬스터가 나타났다는 정보를 입수한 일본은 지후를 헬기에 태워 오사카로 향하였다.

지후가 도착했을 때 이미 오사카 주변의 던전은 모두 터져있었고 지후는 일부러 늦장을 부리며 보스몬스터가 도망칠 틈을 만들어 주었다.

물론 기감으로 보스몬스터의 위치를 알고 있었기에 가능한 행동이었다.

그리고 지후는 오사카 성 주변에서 사냥을 하고 있었다.

일본정부에서는 보스몬스터를 놓치자 오사카 성 주변의 몬스터를 정리해 달라고 요구했고 지후는 흔쾌히 수락했다.

일본 정부의 실수였을까? 지후의 실수였을까?

오사카 성은 형체를 알아보기 힘들 정도로 파괴되어 있었다.

아니 그냥 사라졌다고 해야 할까?

지후는 오사카 성 앞에서 몬스터들과 치열한 모습으로 사투를 펼쳤고 그 과정에서 몬스터들이 오사카 성으로 들이닥치기 시작했다.

지후와 일본의 헌터들은 조금씩 후퇴를 하다가 결국은 오사카 성 안에서 싸우기 시작했고 지후는 강기를 난사하기 시작했다.

지후는 어그로 아이템으로 몬스터들을 끊임없이 불러들였고 홍수처럼 몰려드는 몬스터들에 의해서 일본의 헌터들은 죽어갔다.

지후는 필사적으로 싸우는 모습을 보여주었고 결국은 오사카 성으로 몰려온 몬스터들을 대부분 사냥할 수 있었다.

그 과정에서 지후와 함께 레이드를 나온 일본의 헌터들과 군인은 전멸을 했다.

그에 분노한 지후는 미친 듯이 몬스터들을 죽이고 강기를 난사했다.

오사카 성은 지후와 몬스터의 사투로 인해서 폐허로 변해버렸고 이제 형체조차 남아있지 않았다.

모두가 드론을 통해서 치열했던 전투를 보았기에 전멸을 했다고 해서 지후를 욕할 수는 없었다.

지후도 적지 않은 상처를 입은 모습으로 서있었고 몬스터들도 전멸시켰기 때문이다.

그 모습을 본 일본 사람들은 지후가 목숨을 걸고 일본을 지키기 위해 노력하고 있다는 여론으로 돌아서기 시작했다.

오사카 성은 잃었지만 지후는 죽어간 군인과 헌터들의 복수를 해줬고 오사카 전체가 오사카 성처럼 폐허로 변하는 것을 막아줬다며 오사카 시민들의 열렬한 지지를 받을 수 있었다.

지후는 그 기사를 보면서 그저 웃음을 짓고 있었다.

'멍청한 것들. 난 이제 시작이야. 더욱 더 환호하고 찬양해라. 그래야 나중에 더 뒤통수가 아플 거야.'

지후는 하루도 쉬지 않고 매일 사냥을 했지만 보스몬스터를 잡지는 못했기에 웨이브는 계속 되고 있었다.

일본의 총리와 주요 정치인들과 군 관계자들은 지금 벙커에 모여 열을 올리고 있었다.

"대체 왜! 왜 아직도 웨이브를 못 막고 있는 겁니까!"

"이지후도 있는데 왜 아직도 끝이 안 나는 겁니까!"

"총리님. 이대로라면 피해가 커질 뿐입니다. 지금 국토는 국토대로 파괴되고 군인과 헌터는 계속 희생되고 있지 않습니까! 여론은 정부의 무능이라며 이상한 방향으로 흘러가고 있다는 말입니다. 애초에 이지후를 불러 온 이유가 뭐였습니까! 웨이브를 정리하고자 한 것 아니었습니까? 그런데 정리는커녕 피해만 확산되고 있지 않습니까! 지금 이지후 그 사람이 한 게 뭐가 있습니까!"

"맞습니다. 오사카 성, 구마모토 성, 어제는 나고야 성까지 거기다가 자잘한 건 말하기도 힘듭니다. 자잘한 몬스터만 잡고 있으면 뭐합니까! 중요한 곳은 다 파괴되어 폐허가 되고 있고 보스몬스터는 잡지도 못하고 있는데."

총리는 자신에게 모든 걸 덮어씌우려는 자들을 보며 이를 갈고 있었다.

"그럼 어떻게 하라는 겁니까? 군인이든 헌터들이든 보스 몬스터의 위치를 제대로 알아야 그 새… 아니 이지후 헌터가 상대를 할 것 아닙니까! 당신들은 대체 뭘 하고 있기에 내가 보스몬스터를 잡을 사람을 불러왔는데도 위치조차 알아내지 못 하고 있는 겁니까! 당신들이 위치만 알아왔으면 그 성들도 다 지킬 수 있었던 것 아닙니까! 이대로라면 공명던전까지 열리게 생겼습니다."

벙커 안은 고성방가가 계속 이어지며 서로 잘잘못을 미루기만 하는 결론이 나오지 않는 상황만 계속 되었다.

그 시간 지후는 히메지 성을 끼고 몬스터들과 전투를 치루고 있었다.

"지후님. 공격을 조금만 자제해주시면 안 되겠습니까?"

"무슨 소리야?"

"지난번처럼 그 금색 구슬들을 난사하시면 히메지 성마저 무너집니다."

지후는 일본 헌터의 말에 기분이 상했다는 듯이 인상을 쓰며 입을 열었다.

"내가 그럼 일부러 무너뜨렸다는 거야?"

"그런 말이 아니고…"

"지금 말이 그렇잖아. 누구는 지금 이 짓을 하고 싶어서 하나. 내가 하는 고생은 안 보여? 솔직히 내가 일본인도

권왕의 레이드 3

아닌데 너네 때문에 이게 무슨 개고생이야. 나는 그냥 돌아가면 그만이야."

순간 주변에 있던 일본의 헌터들은 말을 꺼낸 일본인을 째려보며 살기를 피워 올리고 있었다.

"죄… 죄송합니다."

"저렇게 몰려오는데 나보고 어쩌라고? 보스몬스터 위치까지 내가 알아 와야 해? 다른 나라들은 다들 보스몬스터의 위치정도는 알고 나를 불렀어. 무능한 너희 일본을 탓해. 내가 지금 일본에 얼마나 희생을 해주고 있는 지 알아? 다른 나라에서 나는 보스몬스터랑 대부분 전투를 했지. 이런 몬스터들은 너희들이 알아서 처리해야 하는 거라고. 그런데 내가 나서서 처리를 하고 있는데 일부러 성이나 무너뜨리는 놈으로 만들어? 나도 너희들 희생이 안타깝고 싫어. 그래서 최대한 너희 다치지 말라고 원거리에서 차단을 하려고 한 거야. 내가 근접해서 싸우기만 했다면 난 아마 지금쯤 죽었겠지. 제대로 쉬지도 못한 내가 근접해서 싸우는 집중력을 계속 유지할 수 있다고 생각해? 그러다가 보스몬스터와 만났을 때 내가 펴져있으면? 너희가 보스몬스터랑 싸울 건가? 도저히 기분이 나빠서 못해 먹겠네."

지후는 굉장히 기분이 나쁘다는 듯이 전장을 이탈해 헬기를 타고 숙소로 돌아가 버렸고 결국 지후가 떠난 전장은 빠르게 무너져서 대부분의 군인과 헌터들이 몰살당했다.

물론 지후가 부시지 않아도 몬스터들에 의해서 히메지 성이 폐허로 변했기에 상황은 더욱 안 좋았다.

그동안은 성을 잃더라도 주변의 몬스터들을 토벌했지만 이번에는 희생만 있을 뿐 몬스터를 토벌하지 못했다.

이 일은 결국 여론에 알려졌고 지후를 욕하는 세력과 지지하는 세력으로 일본인들이 갈라지게 되었다.

아무리 화가 나도 그 곳을 떠나선 안 됐다는 여론과 지후의 노력과 은혜도 몰라주는 어리석은 일본인들이라는 여론으로 팽팽하게 갈라서게 되었다.

결국 대부분의 여론은 지후의 노력을 알아주는 쪽으로 기울었고 그동안 지후가 일부러 일본의 유적이나 보물들을 부수고 돌아다닌다는 루머는 힘을 잃었다.

지후가 없어도 히메지 성은 무너졌기 때문이다.

결국 다음날 일본정부는 직접 나서서 기자회견을 열며 지후에게 사과의 뜻을 전했다.

지후는 그 사과를 받아주며 다시 레이드에 나가는 대인배의 모습을 보여 주었다.

그렇게 3일 정도의 시간이 더 흐르자 드디어 일본은 보스몬스터의 꼬리를 잡을 수 있었다.

하지만 이제 웨이브는 A급에 접어들었고 보스몬스터가 공명던전으로 향했다는 소식이었다.

지후가 도착했을 땐 간발의 차이로 공명던전이 터져버렸고 도쿄타워와 그 주변은 순식간에 쑥대밭으로 바뀌며 몬스터들이 난장판을 만들기 시작했다.

일본은 대부분의 군과 헌터들을 공명던전의 주변에 모여 있게 했었지만 보스몬스터가 4면을 둘러싸며 공격을 해왔고 결국 한쪽이 뚫려서 공명던전이 터지는 상황이 오고야 말았다.

결국 A+급 보스몬스터와 준S급 보스몬스터 두 마리가 풀리는 최악의 상황에 일본은 다른 곳에 있는 헌터들마저 도쿄에 불러들이고 있었다.

이번에도 보스몬스터를 놓쳐선 안 되었고 두 보스몬스터가 혹시라도 다른 지역으로 흩어지기라도 하면 일이 걷잡을 수 없이 커지기에 일본의 군과 헌터들은 필사적으로 전투를 펼치고 있었다.

우려했던 대로 두 보스몬스터는 찢어지기 시작했다.

A+급 보스몬스터는 도쿄의 중앙으로 준S급 보스몬스터는 이리저리 날뛰며 전장을 아수라장으로 만들고 있었다.

곳곳에선 군인과 헌터들의 비명이 울려 퍼지고 있었고 끝이 보이지 않는 대군의 몬스터들은 도쿄를 폐허로 만들기 시작했다.

물론 지후도 그 모습을 보며 굵직한 강기들을 난사하며 한 몫 거들기 시작했다.

도쿄의 건물들은 실시간으로 무너지고 있었고 군인과 헌터들은 몬스터를 상대하랴 무너지는 건물을 피하랴 아비규환의 상태가 이어지고 있었다.

드론을 통해 총리는 실시간으로 상황을 지켜보고 있었고 지후에게 다급하게 무전을 하고 있었다.

[지후님. 어떻게든 해주세요. 이대로라면 도쿄가… 일본은 끝입니다.]

"건물이 너무 많아서 어떻게 할 방법이 별로 없네. 나도 제대로 싸우고 싶은데 그러다간 건물이 몽땅 무너질 지도 모른다고."

[하지만 이대로라면… 이미 건물은 무너지고 있습니다. 지후님의 공격에 무너지나 몬스터들에게 무너지나 똑같습니다. 차라리 군과 헌터들의 희생이라도 줄일 수 있게 해주시죠.]

총리의 목소리에는 힘이 빠져 있었다. 일본의 모든 헌터들이 이곳에 집결해 있었고 여기서 더 헌터들의 희생이 커진다면 웨이브를 막아낸다고 해도 일본은 한동안 레이드 후진국이 될 수밖에 없는 상황이었다.

"그런데… 솔직히 말해서 보스몬스터가 둘이나 돼서 저도 뭐 장담을 못 하겠네요."

사실 장담은 할 수 있지. 하지만 일본은 앞으로 고개를 들고 다니지 못할 정도로 파괴되어야 해.

그게 다 내 책임도 아니고. 웨이브를 내가 일으킨 것도 아니고. 내가 일본인도 아닌데 일본국민들이 힘들어 할 것까진 생각할 필요가 없지.

다만 너희에게 진행할 마지막 계획을 실행으로 옮기느냐 마느냐는 웨이브가 끝나봐야 알겠지.

[최대한 부탁드리겠습니다.]

"이거 내가 너무 손해 같은데…. 보스몬스터도 둘이나 되고…."

[지금의 일본으로선 더 이상 보내드릴 돈이 없습니다….]

"누가 들으면 내가 엄청 속물인 줄 알겠네."

[제가 실언을 했습니다. 혹시 마음이 상하셨다면 제가 사과드리겠습니다.]

"괜찮아요. 제가 그렇게 속 좁은 놈도 아니고. 뭐 독도문제 정도로 마무리 하죠?"

[네?]

갑자기 여기서 독도가 왜 나와!

이 개자식이…. 내가 이 나이에 어린놈의 반말이나 들어가면서 참고 있는데…

"독도가 누구 땅인지 확실히 하자고. 내가 일본에 보스몬스터를 하나만 잡기로 하고 왔는데 독도 문제를 해결해준다면 특별히 서비스 해줄게. 나도 목숨 걸고 하는 일이라 그 정도는 들어줘야 목숨을 걸 마음이 들지 않겠어?"

일본이 망해서 나한테 줄 돈을 못주는 상황을 만들고 싶지는 않으니까 나도 노력은 해볼게.

[그렇게 하겠습니다….]

총리는 하는 수 없이 지후의 말대로 하기로 했다.

"지금 발표할래요? 아니면 계약서를 쓸래요?"

[지금 이 상황에 말씀이십니까?]

이 개자식아! 그 사이에 일어나는 피해는!

"그럼요. 제가 뭘 믿고 그냥 하겠습니까? 제 목숨이 그렇게 가볍다고 생각하십니까? 확실히 하셔야 제가 움직이죠."

문서를 남기는 것보단 성명이 낫겠지. 나중에 협박으로 인해서 어쩔 수 없는 선택이었다고 둘러대면 될 테니까.

[지금 당장 성명을 발표하도록 하겠습니다.]

총리는 지후와 무전을 끊자마자 독도는 대한민국의 땅이라며 일본에는 그 어떤 권리도 없다며 그동안 있었던 불미스러운 일들에 대해 사과의 말을 전하는 방송을 하였다.

지후는 그 방송을 본 후에 바로 보스몬스터 사냥을 시작했다.

우선은 A+급 보스몬스터를 처리하기 위해 지후는 경공을 사용해서 빠르게 달려갔다.

A+급 보스몬스터는 자이언트 맨티스였다.

보스몬스터와 지후의 사투는 치열했다.

지후의 옷은 붉게 물들고 있었고 자이언트 맨티스도 초록피를 흘리며 계속 난투를 이어갔다.

서로 계속 치고 받으며 싸움을 이어갔고 한번 주고받을 때마다 100미터정도씩 이동하며 싸움이 진행되고 있었다.

"이제 본무대까지 왔네? 더 날뛰어봐! 형이 전부 흔적도 없게 날려줄게!"

지후와 맨티스는 어느새 야스쿠니 신사의 앞까지 당도해 있었고 그 주변에서 치열한 격투를 이어갔다.

치열한 박투 중 자이언트 맨티스의 앞발에 있는 칼날이 지후의 가슴을 베어갔고 지후는 엄청난 출혈을 보이며 바닥을 구르고 있었다.

누가 봐도 치명상이었기에 다들 지후가 보스몬스터에게 패배를 할 거라고 생각이 드는 순간이었다.

하지만 지후는 바로 비틀거리며 자리에서 일어났고 갑자기 자신의 상체만한 금빛 구체를 생성하기 시작했다.

지후는 갑자기 허공을 밟으며 보이지 않을 정도의 높이로 뛰어 올랐고 공중에서 상체만한 금빛 강기를 던졌다.

보스몬스터가 아닌 야스쿠니 신사를 향해.

콰아아아앙!

핵이라도 터진 것처럼 엄청난 폭발소리가 울렸고 대피소에 있던 일본 국민들까지 그 소리를 들을 수 있을 정도였다.

흙먼지가 걷히자 자이언트 맨티스는 피를 흘리며 겨우 자리에 서 있었고 야스쿠니 신사가 있던 자리는 엄청난 크레이터만이 자리하고 있었다. 폭발의 흔적만 있을 뿐 풀 한 포기 조차 남아있지 않았다.

지후의 강기에 직격을 당하진 않았지만 그 파괴력이 워낙 대단했기에 피해를 입지 않을 수는 없었던 것이다.

지후는 주먹에 권강을 두르고는 자이언트 맨티스에게 달려가 순식간에 머리를 으깨버렸다.

지후는 자이언트 맨티스를 쓰러뜨리고는 바닥에 대자로 누워버렸다.

그리고 적당히 가슴의 상처를 치료했다.

사실 입지도 않아도 됐을 부상이지만 마지막 계획을 할지 말지를 정하기 위한 떡밥을 일본에 던져준 것이었다.

지난번 솔로잉에 이은 지후의 연기투혼이 발휘되는 순간이었다.

지후가 잠시 휴식을 취할 틈도 없이 총리의 다급한 무전이 지후의 귓가에 들리고 있었다.

[지후님! 지후님! 괜찮으십니까! 들리시면 말씀을… 야이 새…]

"응? 뭐라고? 뒤에 뭐 말을 들은 것 같은데?"

[아닙니다. 잠시 혼선이 있었나 봅니다. 그보다 지금 당장 일왕궁으로 가주셨으면 합니다.]

"거긴 또 왜? 어차피 거기에 사람도 없잖아. 일왕이든 뭐든 다 피난했을 거 아니야?"

네가 감히 우리 일왕님을….

[피난은 하셨지만 그곳은 저희 일본인들의 상징이자 심장입니다. 그곳마저 파괴되어선 안 됩니다.]

"내가 보스몬스터를 잡아준다고 했지. 일왕인지 나발인지 집 지켜준다고 했어!"

[보스몬스터가 그 곳으로 향하고 있습니다….]

감히… 우리 일본의 왕마저 무시하다니…. 내가 기필코 네 놈을 죽여주지. 가만? 저놈 지금 상처가 심상치 않은데?

"보스몬스터? 그럼 진작 그렇게 말을 하지. 그런데 난 그 집 같은 건 몰라. 부서져도 어쩔 수 없어. 대신 보스몬스터는 어떻게든 죽여줄게."

[최소한의 피해로 잘 부탁드리겠습니다….]

내가 네놈한테 숙이는 것도 끝이야.

언제까지 그렇게 기고만장 할 수 있는지 보자고.

무전을 끊자 총리는 군과 헌터들에게 다른 명령을 하달하고 있었다.

총리는 지후가 얻은 모든 걸 강탈할 계획이었고 자비를 베풀어 지후를 죽일지 살릴지 행복한 고민을 하고 있었다.

지금 상처도 심상치 않아 보이는데 연속된 보스몬스터와의 싸움이라면 지금보다 부상이 심각해 질 거라고 생각하기 때문이다.

제일 좋은 건 보스몬스터와 지후가 같이 죽는 것이지만 내심 속으로는 보스몬스터를 지후가 죽이고 지후는 치명상을 입어서 일본의 헌터들에게 제압을 당하는 것이었다.

그래야 그동안 망가진 자신의 자존심을 회복하고 굴욕을 되갚아 줄 수 있다는 생각을 하고 있었기 때문이다.

지후는 바로 경공으로 일왕궁을 향해 달렸고 벌써 네 번째 만나는 친근한 녀석을 눈에 담을 수 있었다.

지후는 권강을 난사하며 보스몬스터의 주위를 지키고 있는 몬스터들을 쓸어버렸고 보스몬스터와 지후는 서로를 보자마자 보스몬스터는 검강을 지후는 권강을 휘두르며 부딪치고 있었다.

보스몬스터의 검강과 충돌을 한 지후는 자리를 지키고 있는 보스몬스터와는 달리 뒤로 세 걸음 정도 밀려나고 있었다.

그 모습을 본 보스몬스터는 지후의 상처가 눈에 들어왔고 그 기회를 놓치지 않기 위해 끊임없이 검강을 휘두르고 날리기 시작했다.

지후는 계속해서 밀리고 있었고 그 모습을 영상으로 보고 있는 총리는 신음을 흘리고 있었다.

'개자식아. 이대로 지면 안 돼. 넌 꼭 저 자식을 죽이고 내 손에 죽어야 해.'

총리는 지후가 이기기를 간절히 빌었다. 그리고 지후가 자신의 앞에 무릎 꿇기를 간절히 바랬다.

총리의 머릿속엔 어느 순간부턴 일왕궁이 파괴가 되는
건 잊혀지고 있었다. 그저 자신의 바람대로 되기만을 바랄
뿐이었다.

총리의 간절함이 지후에게 닿은 걸까? 지후는 조금씩이
지만 보스몬스터에게 상처를 입히고 있었다.

'좋아. 그거야!'

총리는 지후를 응원하며 벙커 안에서 소리를 지르고 있
었다.

이미 지후는 꽤 상처가 심해보였기에 보스몬스터를 죽이
냐 마느냐 만이 달려있었다.

순간 지금 일본의 헌터들에게 명령을 내려서 지후와 보
스몬스터를 공격할까도 생각했지만 혹시라도 모를 일본 헌
터들의 희생을 감수할 생각은 들지 않았다.

이미 너무 많은 일본의 헌터가 사망했기에 더 사상자를
늘려선 안 될 문제였기 때문이다.

지금도 자신의 목숨이 위태롭다는 사실을 알기에 그런
도박을 할 수는 없었다.

콰앙! 펑! 콰아아앙!

계속된 폭발 소리가 이어지며 일왕궁이 망가지는 장면만
이 드론이 보내주는 화면에 가득차고 있었다.

'아무래도 상처가 있으니까 만만한 상대는 아니네.'

지후는 처음 보스몬스터와 싸울 때 고생했던 걸 떠올리
자 웃음이 나왔다.

그때는 소영으로 인해서 이성을 많이 잃고 흥분한 상태였지만 지금은 다 계획대로였기 때문이다.

물론 지후도 그때보다 더욱 성장했고 같은 상대와 여러 번 싸우는 것이기에 상처를 입고 있다고 해서 그날처럼 초죽음이 될 일은 없었다.

보스몬스터는 지후를 향해 계속 검강을 날렸고 지후는 아슬아슬하게 피하며 권강을 날리고 있었다.

그 여파로 지금 일왕궁은 다른 성들처럼 폐허가 되어가고 있었다.

지후는 보스몬스터의 검강을 피해 하늘로 뛰어 올랐고 그 모습을 보며 보스몬스터는 웃음을 짓고 있었다.

공중에서는 자신의 검강을 피할 방법이 없다고 생각하는 보스몬스터였다.

보스몬스터는 지후에게 검강을 난사하기 시작했고 지후는 그 모습을 보며 주먹에 내공을 모으고 있었다.

'천왕삼권. 제 일 식. 파천.'

지후의 오른손이 휘둘러지자 황금빛 강기가 소용돌이치며 지상에 있는 보스몬스터에게 향했고 보스몬스터는 비명을 지르며 황금빛 소용돌이에 분해되어 갔다.

지후의 황금빛 소용돌이는 보스몬스터뿐만이 아니라 일왕궁이 있던 지반을 송두리째 뒤집어 놓았다.

더 이상 그곳에 무언가가 있었던 자리라고는 할 수 없는 삭막한 모습만이 남아있었다.

지후는 허공섭물로 강화석을 챙긴 후에 자리에 쓰려졌다.

물론 쓰러진 척 한 것뿐이었다.

이제부터가 가장 중요한 부분이었다.

지후가 마지막 계획을 실행으로 옮길지 말지를 결정하는 순간이었기 때문이다.

그건 지후로서도 약간은 양심에 찔렸기에 스스로에게 명분을 주기 위한 행동이었다.

'내가 남들 눈치나 보고 참는 그런 캐릭터가 아닌데… 갑자기 사회적으로 너무 주목받는 위치로 올라가니까 나도 모르게 눈치를 보고 있었네… 급 자존심 상하네… 내가 너무 얌전하게 사니까 쪽바리들이 건방지게 굴었겠지. 생각해 보니까 다 내 탓이네. 어차피 조용히 살긴 글렀는데 조용히 게임이나 하는 삶을 살아보겠다고 얌전히 있었으니. 뭐 각본을 짜고 그 계획을 옮기는 건 나름대로 희열도 있고 재미는 있지만. 뭐 나 혼자의 몸이었다면 막 살았겠지만. 부모님이나 동생들을 생각하면 약간은 참아야겠지. 명분 없이 날뛰면 테러리스트로 몰릴 수도 있으니까.'

아나나 다를까 지후는 마지막 계획을 실행에 옮길 수밖에 없는 상황을 마주하게 되었다.

지후는 기대이상의 어처구니없는 상황을 마주하게 됐고 미약하게나마 가지고 있었던 미안함은 순식간에 사라지게 되었다.

〇

　도쿄에 모여 있던 일본의 군인과 헌터들은 웨이브가 끝나 도망가는 몬스터들을 무시하고는 지후를 둘러싸기 시작했다.

　바닥에 누워서 지후는 신음을 흘리고 있었고 그 모습을 보며 일본의 헌터들은 웃음을 짓고 지후에게 접근했다.

　일본의 S급 헌터 오다 신지였다.

　"지후씨. 정말 고맙군요. 일본의 웨이브를 막아줘서. 그런데 이거 피해가 너무 심합니다."

　지후는 빈정대며 말을 하는 헌터를 쳐다보고 있었다.

　"이래서야 지후씨를 부를 이유가 없었죠. 다른 나라들처럼 폭격을 했으면 그만인데. 오히려 지후씨를 믿었다가 지후씨로 인해서 일본의 국토와 보물들만 박살난 것 아닙니까?"

　"하고 싶은 말이 뭐지?"

　"아공간에 있는 모든 걸 놓고 가세요."

　"뭐라고?"

　"보스몬스터에게 고막이라도 다치셨나 보네요. 제 말을 못 알아듣겠습니까? 아공간에 있는 몬스터사체와 마정석들 다 내어 놓으라고요. 미국과 영국에서 잡은 보스몬스터의 강화석도요. 마음 같아선 통장에 있는 돈도 다 가지고

96　귄왕의
레이드 3

가고 싶은데 그건 뭐 총리님이 알아서 하실 문제 같고. 일단 아공간에 있는 것들이나 다 내어 놓으시죠."

"무슨 말도 안 되는 소리를 하는 거지? 내가 잡은 몬스터의 사체를 왜 너희가 가져간다는 거지? 자기가 잡은 몬스터는 자기가 갖는 게 레이드계의 불문율일 텐데?"

"지금은 경우가 다르지. 이 조센징새끼야. 하여간 조센징새끼들은 좋게 말을 하면 말을 못 알아 처먹어요."

"……."

"재미있겠네. 세계최강의 헌터라는 당신을 밟아보는 것도."

일본의 헌터들은 지후를 바라보며 비웃음을 흘리고 있었다.

지후가 치명상을 입고 힘들어 하는 모습이 눈에 선했기에 그들에겐 지후에 대한 두려움 같은 건 없었다.

"목숨을 걸고 보스몬스터를 잡아줬더니 이런 식으로 나온다는 건가? 날강도도 이런 날강도가 없네."

"너 때문에 망가진 일본을 복구해야 하는데 그 정도 성의는 보여야지."

"그게 왜 나 때문이지? 너희들의 무능 때문 아닌가? 나는 너희들이 해결하지 못하는 웨이브를 막아준 것 같은데?"

"뭐 그건 고마운데 말이야. 우리한테 무능하다고? 그럼 그 무능한 것들한테 맞아보던가!"

오다 신지는 지후의 턱을 올려 찼고 지후의 입가엔 피가 흐르고 있었다. 하지만 지후의 눈빛은 죽지 않았다.

"새끼 눈깔에 힘 안 빼?!"

오다 신지가 지후를 짓밟기 시작하자 헌터들이 하나둘 몰려와 지후를 집단으로 공격하기 시작했다.

5분정도 집단 구타가 이어졌고 지후의 전신은 피로 물든 채 제대로 눈도 뜨지 못하며 쓰러져 있었다.

"빨리 내 놔."

"조 까."

지후의 한마디에 다시 구타가 시작되려고 했지만 지후를 향한 구타는 이어질 수 없었다.

어느새 하늘에는 미군의 헬기가 가득 차 있었고 미군은 낙하산을 펼친 채 이곳으로 오고 있었다.

"멈추십시오."

오다 신지는 미군이 나타나자 짜증이 치밀어 올랐다.

'어떻게 해야 하지? 지금 이 상황에서 미군과 트러블을 일으킬 수도 없는데….'

"지금부터 이지후씨는 우리 미국이 데려갑니다."

"죄송하지만 안 될 것 같습니다. 우리는 저자에게 받아야 할 게 남아있어서요."

미군이 지후를 데려가려고 하자 오다 신지는 검을 뽑아 들며 그들의 앞을 막았다.

"아공간에 있는 것들을 내려놓는다면 보내드리지요."

미군들은 난처한 표정으로 지후를 바라보고 있었다.

상황을 제대로 알지 못하고 그저 지후를 데리고 오라는 명령만 받았기에 난감한 상황의 연출이었다.

그들은 군인이었지 헌터가 아니었기에 헌터와의 마찰이 달갑지는 않았기 때문이다.

지후는 아공간을 개방해 엄청난 양의 사체와 마정석을 꺼내 놓았다.

물론 미국과 영국, 그리고 이곳에서 얻은 강화석 3개도 함께 내려놓았다.

"이제 됐나?"

"진작 이랬으면 좋잖아. 조센징새끼야. 꼭 맞아야 말을 들어요. 얼른 꺼져버려."

'이 빚은 곧 이자까지 쳐서 가져가지.'

지후는 속으로 노래를 부르며 헬기에 올랐다. 꺼져줄게 잘살아~

지후는 일본의 헌터들을 바라보며 싸늘한 표정으로 바라봤고 그 순간 일본의 헌터들의 머릿속에는 이대로 이지후를 보내면 안 될 것 같다는 생각과 초조함이 머릿속을 지배하고 있었다.

지금이야 상처로 인해서 힘이 약하지만 회복하고 힘을 되찾는다면 그 보복을 감당하기 쉽지 않을 거란 생각이 들었기 때문이다.

하지만 지후는 이미 미군의 헬기를 타고 멀어지고 있었다.

"신지님. 이대로 저 조센징을 보내줄 생각이십니까?"

"그가 회복을 한다면 복수를 해올 텐데 어쩌실 계획이십니까?"

"그는 보스몬스터도 혼자 상대하는 인간입니다. 지금이 아니면 기회가 없습니다."

신지는 찰나의 순간이었지만 머릿속으로 수많은 생각을 하고 있었다.

오다 신지는 지난번 뉴욕에서 지후의 무력을 눈앞에서 목격했다.

그리고 자신이 상대하지 못하는 보스몬스터를 단신으로 물리친 게 지후였다.

상처 입은 맹수는 무섭지만 회복을 한다면 도저히 감당할 수 없다. 그리고 방금 전 지후에게 폭력을 행했을 때도 지후가 아무런 저항조차 하지 못했기에 지금은 가능성이 있었다. 만약 지금이 아니라면 죽는 건 자신들이라는 생각뿐이었다.

이미 지후가 자신들에게 보복을 할 동기는 충분했다.

자신들은 지후의 물건을 강탈하고 폭행했다.

그가 회복을 한다면 죽음만이 기다리고 있었기에 일본의 헌터들은 모두 한마음 한뜻으로 지후를 죽이길 바랐다.

'이건 나 혼자 결정할 문제가 아니야. 총리님께 가야겠어. 시간이 없군.'

"지금 당장 총리님께 간다."

"총리님. 이대로 조센징을 보내주실 것입니까?"

'나도 보내주기 싫지… 그런데 방법이 없어… 이미 아이템도 다 토해냈고… 그것만으로도 우리는 여론을 수습하기도 벅차… 그렇다고 이대로 보내주는 것도 안 될 일인데….'

"방법이 없지 않나. 방법이…."

"하지만 이대로 보내주고 회복을 한다면 그는 분명히 보복을 할 것입니다. 솔직히 그가 회복을 하면 막아낼 방법이 없습니다. 이미 우리 일본은 그와 돌이킬 수 없는 강을 건넜습니다. 이제 와서 우리가 빼앗은 걸 돌려준다고 한들 그가 복수를 하지 않을 이유가 없습니다."

"그래서 어떡하자는 건가?"

"알아본 바에 의하면 그는 지금 미군기지에 머물고 있습니다. 부상이 너무 심해서 비행조차 불가능하다더군요. 그래서 지금 미국에서 힐러를 태운 비행기가 출발했다고 합니다. 힐러가 도착하기 전에 그를 쳐야 합니다."

"가능성이 있나? 그는 미군기지에 머물고 있어. 그를 공격하려면 미군과의 전투를 피할 수가 없지. 만약 실패할 경우 미국과 전쟁이 일어날 지도 몰라."

"지금이라면 확실히 죽일 수가 있습니다. 물론 미군과의 마찰도 있겠죠. 하지만 그 조센징이 살아서 돌아가는 것보단 낫습니다. 그가 살아 돌아간다면 분명히 복수를 해올 것입니다. 그는 우리가 폭력을 행할 때 반항한번 하지 못했습니다. 그리고 지금은 부상이 악화됐죠. 지금이 아니면 가능성이 없습니다. 결단을 내려주십시오. 총리님."

'나도 그 자식이 꼴도 보기 싫지… 하지만 방법이…. 잘못하면 미국과의 전쟁인데….'

"미국에 저희가 조센징에게서 빼앗은 물건의 반을 넘기는 건 어떻겠습니까? 미국도 강화석을 획득하지 못했습니다. 조센징이 가져갔으니까요. 그 정도라면 협상이 가능하지 않겠습니까?"

"강화석이라… 아깝긴 하지만 그것이라면 미국도 혹 할만하겠어. 미국이라면 강화석을 꼭 연구하고 싶어 할 테지."

"그렇습니다. 미국에 강화석과 마정석들을 적당히 넘기면 미국도 조센징에 대한 일을 눈감아 줄 것입니다. 요즘 조금 소원해지긴 했지만 미국과 우리는 동맹 아니겠습니까?"

"그렇지. 그리고 그 동맹을 갈라놓은 조센징 자식이 죽이면 미국도 우리를 섭섭하게 대한 것을 후회하겠지."

"그만 죽인다면 오히려 저희가 미국에게 큰소리를 낼 수도 있습니다. 동맹을 제대로 대접하지 않은 건 미국이니까요."

"좋다. 오다 신지. 그대에게 전권을 위임한다. 군과 헌터들을 데리고 가서 조센징을 꼭 죽여라."

결단을 내리자 일본의 총리는 오마바 대통령에게 핫라인을 연결한 후에 협상을 시도했다.

"저희가 이지후에게 얻은 강화석 하나와 마정석의 반을 미국에 양보하겠습니다. 대신 오키나와에 있는 미군들이 저희의 군과 헌터를 공격하지 않게 해주시죠."

[허허허. 친구를 버리는데 그런 조건은 글쎄요… 별로 내키질 않는군요.]

"그럼 강화석 두 개는 어떠십니까? 저희가 해드릴 수 있는 최선의 조건입니다."

[그렇게 하도록 하지요. 오키나와의 미군은 일본의 군과 헌터를 공격하지 않을 것입니다.]

그렇게 친구라면서 싸고 돌때는 언제고 분명히 이지후의 상태가 회복이 힘들 정도로 안 좋으니 협상에 응했겠지.

두 사람은 웃으며 전화를 끊었다.

물론 지후는 미군기지에서 이 통화내용을 다 듣고 있었다.

오마바 대통령이 지후가 들을 수 있도록 조치를 취했기 때문이다.

[친구. 나는 자네가 부탁한 대로 다 했네.]

"고맙군. 언제고 미국에 무슨 일이 있다면 한번은 도와주지."

[자네가 도와준다니 정말 든든하군. 그런데 자네는 일본을 대체 어떻게 할 생각인가? 계획대로 한다면 일본은 거의 국가의 기능을 잃을 수도 있다네.]

"그건 내가 상관할 필요가 없지. 나는 그냥 나를 건드린 새끼들에게 응징을 할 생각이야. 언론이나 제대로 움직여 달라고."

[알겠네. 이런 일도 자네와 벌써 두 번째라니. 설레는군.]

'정말로 우리 미국이 이 남자와 적이 되지 않은 건 최고의 선택이었어.'

지후는 예전에 1인 레이드 방송을 할 때 사용했던 드론들을 계속 풀어놓고 있었고 그 드론은 일본에서의 모든 레이드가 찍혀 있었다. 물론 오늘 있었던 일본 헌터들이 부상을 당한 지후를 집단 구타하는 장면들도 생생하게 찍혀 있었기에 이 영상이 언론에 풀린다면 그 파장은 어마어마할 수밖에 없었다.

어느새 오키나와의 미군기지 앞으로 일본의 헌터들과 군인들이 집결하고 있었다.

오다 신지는 선두에서 검을 높이 치켜들며 모두에게 큰 소리로 연설을 하고 있었다.

"오늘 우리는 이지후라는 조센징을 친다. 절대로 비겁하다고 생각하지 마라. 만약 그를 죽이지 못하면 우리는 그의 보복을 받아야 한다. 보스몬스터를 혼자 상대하는 무력이다. 상처를 입고 움직이지 못하는 지금이 아니라면 우리에게 기회는 없다. 이건 다 우리 대일본제국의 대업을 위한 일이다. 그가 살아 있다면 우리 일본은 설자리를 잃는다. 그러니 그가 보인다면 지체 없이 검을 찌르도록."

"네!"

엄청난 수의 헌터와 군이 오다 신지의 연설에 목청이 찢어져라 대답을 했고 그 모습엔 다들 비장함이 흐르고 있었다.

다들 오늘이 아니라면 이런 기회는 없다는 것을 잘 알고 있었기에 살아남으려면 꼭 죽여야 한다는 생각뿐이었다.

오다 신지의 수신호에 맞춰 전진을 하려는 찰나 그들의 앞으로 걸어오는 복면인으로 인해 일본의 헌터와 군인들은 잠시 걸음을 멈출 수밖에 없었다.

"참을 만큼 참았어. 갈 때까지 갔어. 해 줄 만큼 해줬어. 나 한순간에 새됐어."

복면인은 미군기지로 진입을 하려는 헌터들의 앞을 막으며 노래를 흥얼거리고 있었다.

"뭐야 저 자식은?"

오다 신지는 대업을 위해 움직이려는 찰나 복면인이 앞을 막아서자 기분이 좋지 않았다.

"신지님. 저 복면인이 지금 노래를 부르는 것 같은데요?"

신지의 좌측에 서 있던 한 헌터가 복면인의 앞으로 걸어가며 비키라며 큰 소리를 치기 시작했다.

"누구냐? 왜 앞을 가로 막는 거지? 비켜서지 않는다면 베겠다."

"카케무샤."

복면인은 허리에 있던 검을 뽑으며 휘둘러 자신의 앞에 서 있던 일본인 헌터의 허리를 이등분 했다.

순식간에 벌어진 일과 바닥에 뿌려지는 핏물에 일본의 헌터들과 군에는 잠시 정적이 흘렀다.

◇

"미… 미친…."

"저 자식은… 대체…."

순식간에 일본의 진영은 소란스러운 말들이 오갔다.

일검으로 사람을 이등분 하는 건 쉽지 않다는 걸 상급의 헌터들은 알고 있기에 복면인이 심상치 않다고 생각하며 자신들의 검을 움켜쥐었다.

"넌 대체 뭐지? 뭔데 우리의 앞을 막는 거지?"

"카케무샤."

"카케무샤라니? 대체 누구의 카케무샤이기에 우리의 앞을 막는 거냐!"

"이지후."

'젠장…. 이지후의 카케무샤라고? 숨겨둔 패가 있었다는 건가? 하지만 이지후 본인도 아니고 그의 호위라고 해봐야 미라클 길드원 중 하나겠지. 어차피 길드장은 확실히 한국으로 돌아갔고 도끼를 사용한다. 그러니 저 녀석은 그저 길드원 중에 하나고 시간벌이를 위해 가로막았다는 거겠군.'

"훗. 고작 생각한 게 시간끌기인가? 네가 막고 있으면 그 사이에 조센징 새끼가 도망이라도 갈 수 있을 거라고 생각하나?"

"시간끌기라니 뭔가 단단히 착각을 하는 군. 너희는 모두 내 검에 죽는다. 유모차도 아니고 자꾸 애태우지 말고 드루와. 드루와."

안 오면 내가 가고.

자신을 카케무샤라고 소개한 복면인은 순식간에 오다 신지의 앞에 나타나더니 오다 신지의 오른팔을 베어버렸다.

"끄아아악!"

"네 목숨은 조금 있다가 거두로 오지. 지켜보고 있으라고 쪽바리."

오다 신지에게 귓속말로 섬뜩한 사형선고를 내린 복면인은 일본의 헌터와 군인들이 모여 있는 곳으로 향했다.

'오랜만에 검무 좀 추겠네.'

복면인은 순식간에 일본의 헌터들과 군인들이 모여 있는 곳을 헤집으며 파고들기 시작했고 일본인들의 비명이 울려 퍼지기 시작했다.

"으아아아악!"

"사… 살려줘!"

"집에 돌봐야 할 가족이…."

"아악!"

"나도 돌봐야 할 가족이 있어 새끼들아. 그리고 돌아가려면 너희 쪽바리들을 죽여야 해."

"악마다! 악마가 나타났어!"

복면인은 정말 악마라는 말에 의심이 가지 않을 정도로 잔인하고 섬뜩했다.

그의 검에는 자비란 없었고 오로지 죽음만을 내리는 사형선고와 같았다.

복면인의 검은 학살을 멈추지 않았고 그 누구도 그 학살을 피해가지 못했다.

"저 황금빛은… 이지후의 제자인가? 가족? 가족은 아닐 테고 대체 누구지?"

복면인의 검에는 황금빛 검강이 매섭게 빛나고 있었고 그 빛이 닿을 때마다 일본인들은 비명을 지르며 죽어갔다.

그 누구도 복면인의 일 검을 막아내지 못하고 쓰러지고 있었다.

복면인의 검은 검으로 막아도 무의미했다.

복면인의 검은 아무렇지 않게 두부를 자르듯 검마저 잘라버리며 적들의 목숨을 취했다.

아직 살아있는 헌터들과 군인들은 도망을 가기위해 무기조차 버리며 전장을 이탈했다.

하지만 그 시도는 실패했다. 복면인은 그 모습을 보며 무차별적으로 검강을 난사했고 검강에 직격되어 형체조차 알아보지 못하게 육편을 휘날리며 죽은 자들과 그 폭발에 휘말려서 죽은 자들로 인해서 대지는 붉게 물들어만 갔다.

복면인은 탱크와 전차를 향해서 멈추지 않고 검강을 날렸다.

엄청난 폭음과 함께 불길이 솟구쳤고 탱크와 전차는 고철로 변해갔다.

도망을 가도 죽는 것은 똑같자 복면인에게 한 대라도 치고 죽겠다는 듯이 발악을 하며 헌터들은 달려들었고 군인들은 총을 난사했다.

복면인은 끊임없이 움직이며 일본의 헌터들과 군인들의 진영에 침투해 학살을 했고 공포에 질린 나머지 군인들의 총은 조준이 제대로 되지 않았다.

아군의 총에 군인과 헌터들은 죽어가기 시작했고 원거리 딜러들의 스킬 난사는 서로가 서로를 죽이는 결과를 낳으며 전장을 아수라장으로 만들었다.

복면인이 전투의 개시와 함께 이들을 지휘해야 할 오다 신지의 팔을 베어버리고 전열을 가다듬을 틈을 주지 않고 몰아쳤기에 지휘자를 잃은 일본인들은 그저 오합지졸에 불과했다.

어느새 지후를 죽이러 왔던 2천의 헌터와 2만의 일본군은 시체의 산을 쌓고 있었고 탱크는 복면인에게 포탄 한 번

날리지 못한 채 뭉개져 있었다.

오직 오다 신지 한사람만이 살아남아 잘린 오른 팔의 어깨를 붙잡고 넋을 잃은 채 복면인을 바라보고 있었다.

'내가 정파였지만 사람은 참 많이 죽였거든. 대부분이 마교도들이었지만. 오랜만에 살풀이를 하고 나니까 개운하네.'

"너… 넌 대체 누구냐! 너 정도의 실력자가… 대체 왜… 이지후의 카케무샤를…."

오다 신지는 이해할 수가 없다는 듯이 복면인을 향해 물었지만 복면인은 대답이 없었다.

'그야 내가 이지후니까 그렇지. 그냥 검만 들었을 뿐인데 아무도 몰라볼 줄이야.

하긴 너희는 지금 내가 부상으로 골골대고 있을 거라고 생각하려나?

뭐 내가 검을 쓰는 모습이 공개된 적이 없기도 하고.'

지후는 태연하게 오다 신지의 앞으로 검을 질질 끌며 걸어갔다.

오다 신지는 계속 뒷걸음질을 쳤지만 어느새 다가온 지후는 오다 신지의 앞에 서있었다.

다가온 지후는 순식간에 오다 신지의 남은 왼팔을 잘라버렸다.

"으아아악!"

"시끄러워 쪽바리 새끼야."

지후는 오다 신지의 복부를 올려 찼고 오다 신지는 무릎을 꿇은 채 속에 있던 내용물을 뱉어내고 있었다.

하지만 지후는 멈추지 않고 얼굴을 걷어차고 쓰러진 오다 신지를 짓밟기 시작했다.

"대… 대… 체… 누구… 야… 누군… 데… 이런… 짓을…. 너같… 은 헌터… 가 있다는 말을… 들어… 본… 적이… 없…."

지후는 쓰러진 오다 신지의 머리끄덩이를 잡고 일으켜 세운 뒤에 귓속말로 마지막 말을 전했다.

"아까 네가 나한테 했던 짓이잖아."

"서… 서얼… 마… 너"

"맞아. 내가 이지후야."

오다 신지는 그 말에 핏발이 선 눈으로 지후를 째려봤지만 그게 그의 마지막이었다.

지후는 말이 끝남과 동시에 검으로 오다 신지의 머리를 잘라버렸고 눈을 감지도 못한 오다 신지의 머리통은 바닥을 구를 뿐이었다.

"이제 마지막 계획을 실행해 볼까?"

복면을 쓰고 있는 지후는 웃음을 지으며 아이템에 워프 좌표를 입력하기 시작했다.

'근데 복면 쓰고 이러니까 내가 꼭 악당 같네? 옛날에 마교 놈들이 복면을 참 많이 썼는데 말이야. 이 재미에 쓰고 다녔나? 무림에선 그냥 힘 있는 놈 마음이었는데. 여기선 참 거슬리는 게 많아. 뭐 정파나 마교나 뜻이 달랐을 뿐이지.

따지고 보면 둘 다 살인자 집단인건 똑같았지. 여론이 어떻게 봐주냐의 차이였을 뿐.'

웨이브로 인해서 일본은 주요 보물이나 문화재를 몬스터가 닿지 않을 만한 곳에 숨겨두었다.

물론 현금과 금, 마정석과 부산물들 그리고 일본이 보유한 아이템들도 자신들의 비밀창고에 숨겨 두었고 지후는 그것들의 위치를 미국을 통해 알 수 있었다.

10곳의 위치에 분산해 놓았는데 그 곳엔 지후의 아공간에 있던 것들도 포함되어 있었다.

그 곳들로 워프를 한 지후가 어떻게 했을까?

검을 들고 복면을 쓰고 있는 지후는 막아서는 모두를 도륙했다.

갑작스럽게 나타나서 검을 휘두르는 복면인에 그 곳을 지키던 헌터들은 경악을 했지만 그게 다였다.

그의 일 검을 막아내는 헌터들은 없었다.

지후는 그동안 쌓였던 스트레스와 짜증을 신나게 풀고 있었다.

남들이 볼 땐 하고 싶은 말을 다 하는 막나가는 삶이지만 부모님과 동생들 때문에 나름 이미지 관리를 위해 자제를 하고 있는 것이었다. 무림이었다면 문제가 없겠지만 지금은 그렇게 살면 문제가 되는 사회였기 때문이다.

하지만 오늘만큼은 그 문제를 무시해도 됐다.

왜냐고? 아무도 지후인지를 모르니까. 복면의 재미를 알았다고 해야 할까? 어차피 세상엔 지후의 그림자 무사라고 알려지겠지만 상관없다.

그거야 말하기 나름이니까.

어차피 왜 이런 일이 벌어졌는지 알려진다면 누구도 지후에게 뭐라고 할 수 없다.

좀 과하긴 했지만 자신의 물건을 찾으러 간 것이기에. 간 김에 조금 더 들고 나오긴 했지만….

그건 엄연히 피해보상금이니까.

'강도짓은 너희가 먼저 했어. 그래서 나도 오늘 대도가 되어보려고.'

지후는 정말 먼지하나 남기지 않고 털고 또 털었다.

자신의 아공간에 있던 부산물들과 강화석과 마정석은 모두 지후의 아공간으로 다시 돌아왔다.

노렸던 건 아니지만 금고를 터는 과정에서 대한민국의 탈취당한 문화재의 대부분이 지후의 손에 들어올 수가 있었다.

뭐 부수입으로 일본이 보유하고 있던 아이템들과 마정석과 금괴, 현금이나 국채도 지후의 손에 들어올 수가 있었다.

일본의 주요 은행들이 웨이브를 피해 일본정부가 마련한 10곳의 안전금고에 자신들이 가지고 있던 자산들을 옮겼기에 오늘 지후는 말 그대로 일본의 전부를 가지고 나온 것이었다.

깔끔하게 10곳을 모두 털어버린 지후는 워프로 대한민국으로 돌아갔다.

완전범죄를 위해 미군은 수송기를 대한민국으로 이동시켰고 모두가 그 수송기를 통해 지후가 대한민국으로 돌아갔다고 생각했다.

[자네… 정말… 저질렀군….]

"내가 한다면 하는 거지."

[이제 세계최고의 부자인가?]

"글쎄. 그런 건 관심이 없어. 그냥 날 건들면 어떻게 되는지 보여준 것뿐이야. 그건 국가라도 예외가 될 수 없지."

[혹시… 일본이 보관 중이던… 우리 미국의 국채를 어떻게 할 생각인가?]

"일단은 되는 대로 다 들고 나온 거라서 생각해 본적이 없는데?"

[이런 말을 해서 미안하지만… 그 국채는 외부에 팔거나 하지는 말아주게. 혹시 불가피한 상황이 온다면 우리 미국에 우선권을 주게. 그게 풀린다면 우리 미국의 경제에 큰 타격이 오네.]

'앞으로도 이용해야 하니까 선물이나 줄까? 나름 사냥개 노릇은 잘하고 있으니까. 먹이를 줘야 앞으로도 꼬리를 잘 흔들겠지. 이런 관계가 계속되다보면 누가 주인이고 애완

견인지 알게 되겠지. 뭐 계속 모르고 살아도 되고.'

"뭐 다 주기는 그렇고 반 정도는 선물로 주지."

[그게 정말인가? 그저 우리는 자네가 팔지 않고 가지고만 있어줘도 된다네.]

"괜찮아. 그거 몇 푼이나 한다고. 그동안 내가 너희한테 받은 것도 있고 부탁도 자주했으니까 받으라고. 그동안 내 부탁도 잘 들어줬잖아. 친구사이에 뭘 빼고 그래."

'앞으로도 열심히 짖어라.'

[정말 고맙네. 내가 뒷수습도 완벽하게 하도록 하겠네.]

"뭐 그래주면 좋고."

일본은 대부분의 헌터와 군인을 잃었다.

웨이브로 인해서 던전에서 나온 몬스터들을 사냥할 헌터가 없었던 것이다.

그렇기에 보스몬스터를 잡았지만 일본인들은 대피소에서 나오지 못한 채 대피소생활을 이어갈 수밖에 없었다.

일본의 총리는 계속 방송에 나와 호소를 했다.

일본을 도와달라고.

하지만 일본으로 향하는 도움의 손길은 없었다.

처음 일본의 총리는 방송에 나와서 이지후가 일본의 헌터와 군인을 살해했다며 비방을 하며 지후를 테러리스트로 몰아갔다.

하지만 한 시간 후에 지후는 일본에서 있었던 레이드 영상을 무료로 배포했다.

그리고 부상을 당한 지후를 공격해 아공간에 있던 모든 것을 강탈한 장면을 본 세계인들은 분노했다.

물론 거기서 끝이 아니었다.

그 후에 지후를 죽이기 위해 쳐들어 온 일본의 헌터와 군인들의 영상도 전파를 탔다.

잔인한 장면이 많았지만 이지후의 그림자무사라며 나타난 헌터로 인해서 엄청난 관심을 받았다.

그리고 세계는 경악을 할 수밖에 없었다.

이지후에게 숨겨진 힘이 있었다는 사실과 그 숨겨둔 한 수가 엄청났다는 점 때문이었다.

괜히 일본을 도우려다가 지후의 눈 밖에 나고 싶지 않았기에 세계는 일본에 도움의 손길을 보내지 않았다.

특히 지후는 회생이 불가능 할 정도로 일본을 망가뜨리고 돌아왔기에 세계는 더욱 지후의 눈치를 볼 수밖에 없었다.

일본은 보안이 약했던 것도 아니고 세계에서 5위안에 드는 헌터강국이었다.

하지만 이지후와 대립을 하며 멸망의 길을 걸었다.

중요한 금고는 모두 털리고 남은 건 먼지뿐이라는 사실에 전 세계는 더욱 보안에 신경을 썼지만 어떤 보안시설도

116 권왕의
레이드 3

지후가 마음먹으면 뚫을 수 있다며 회의적인 반응이 많았다.

그리고 세계의 대부분 국가들은 지후가 지능적으로 일본의 모든 시설을 레이드를 핑계로 파괴했다고 분석하고 있었다.

뭐 이쯤 되면 직접적으로 말을 하지는 못해도 모두가 눈치를 챌 수는 있는 부분이었다.

언제나 욕을 하면서도 일본에 큰일이 있다면 모금까지 해서 보내주던 대한민국의 국민들도 이번만큼은 일본을 외면했다.

자국의 헌터가 일본에서 모진 핍박을 받고 돌아왔기 때문이다.

그리고 지후가 일본으로 갈 수밖에 없었던 이유가 알려지기 시작했고 이 일에 개입했던 정치인들은 옷을 벗을 수밖에 없었다.

기업들 또한 한동안 불매운동에 시달리고 주식은 바닥으로 떨어졌지만 그들은 끝까지 버텨냈다.

미국은 언론을 움직여 대대적으로 지후를 비호했다.

오마바 대통령은 기자회견까지 자처하며 지후를 변호하기 시작했고 그 방송으로 지후와 미국이 한편이라는 사실은 다른 나라들을 더욱 긴장시켰다.

지후는 대한민국으로 워프로 돌아온 후에 역용술을 펼치고 호텔에 묵으며 모두에게 잠수를 탄 상태였다.

세계를 돌며 이런저런 일들을 했으니 전설대전에 잠시 시간을 투자해도 된다고 생각하며 전설대전에 접속을 하며 시간을 보내는 지후였다.

전설대전을 하다가 지후는 잠시 TV의 오마바 대통령의 생방송 기자회견으로 시선을 돌렸다.

'짖어라. 잘하면 싱싱한 고기는 충분히 던져줄게.'

"오마바 대통령님께서는 이지후씨가 일본을 회생불가로 만들어 버린 것에 대해서 어떻게 생각하십니까?"

"한국 속담에 뿌린 대로 거둔다는 말이 있더군요. 일본은 자기들이 지은 죗값을 받는 것입니다."

"일본과 미국은 동맹관계가 아니었습니까? 미국은 이지후 헌터를 도왔다는 소문이 있던데 왜 미국은 일본의 편을 들지 않은 것입니까?"

"미국과 이지후 헌터는 친구관계입니다. 그 관계는 그 어떤 국가와의 동맹관계보다도 견고합니다."

"그럼 대한민국과의 동맹관계가 더욱 견고해 졌다는 말씀이십니까?"

"아닙니다. 대한민국은 대한민국이고 이지후는 이지후입니다. 즉 이지후 개인과의 관계이지. 그건 대한민국과의 관계가 아닙니다."

"설마 국가보다 개인과의 관계가 더 높다는 말입니까?"

"이지후는 그런 인물입니다. 그가 우리 미국인이 아니라는 사실은 안타깝지만 그는 우리의 친구입니다. 일본은 미국에게 이지후를 죽이는데 도움을 달라는 부탁을 했습니다. 하지만 저희 미국은 친구를 팔아넘기는 파렴치한 짓을 하는 나라가 아닙니다. 그리고 제 친구는 이미 국가 그 이상의 가치를 가지고 있는 사람입니다."

"CNN의 토마스입니다. 이지후씨가 레이드를 가장해서 일부러 일본의 중요 문화재나 보물들을 파괴했다는 말이 있던데 그것에 대해서는 어떻게 생각하십니까?"

"기자분이 그런 유언비어를 질문으로 한다는 게 참 유감이군요. 이건 지극히 제 개인적인 생각입니다만 일부러 그랬다고는 생각이 들지 않는군요. 그가 대체 뭐가 아쉬워서 그런 짓을 하겠습니까?"

"FOX의 레이나입니다. 이지후씨가 일본의 모든 재물을 강탈해갔다고 일본에서는 말을 하던데 그것에 대해선 어떻게 생각하십니까?"

"자업자득입니다. 물론 이 부분에 대해서는 저도 이렇다 할 의견을 말하기 힘듭니다. 정당방위라고 말하는 사람들도 있고 강도짓이라고 말하는 사람들도 있습니다. 하지만 만약 당신이 이지후라면 어떻게 행동하겠습니까? 목숨을 걸고 레이드를 했는데 돌아온 건 총과 칼이었습니다. 그리고 가진 걸 다 내놓으라는 강도짓을 당했죠. 그런데 거기서 멈추지 않고 죽이려고까지 했습니다. 저는 뭐가 옳고 그르다고는 말을 못하겠지만 잘못은 일본이 먼저 했다고 말하고 싶습니다."

"일본과 미국의 동맹은 계속 유지를 하실 계획이십니까?"

"사실 지금은 동맹관계가 유명무실 합니다. 물론 일본이 원한다면 동맹을 유지할 수는 있겠지만 예전 같은 관계는 아니겠죠. 언제 뒤통수를 칠지도 모르는 나라는 믿음이 가지 않아서요."

"지금 일본은 웨이브로 나온 몬스터를 막을 헌터도 군도 없는 상태라고 하는데 도움을 주지는 않으실 계획이십니까?"

"오키나와 미군 기지를 이용해서 일본국민들을 외국으로 옮겨 드릴 수는 있습니다. 하지만 일본이 헌터와 군인을 잃은 것은 일본의 선택이었습니다. 누구도 일본에게 이지후를 공격하라고 하지 않았습니다. 그들은 자국의 웨이브를 목숨을 걸고 막아준 헌터를 공격했습니다. 그리고 그 대가를 받고 있는 거라고 생각합니다."

기자회견을 호텔 안에서 지켜보던 지후는 만족스런 웃음을 지었다.

'먹이를 주니까 정말 열심히 꼬리를 흔드네. 역시 든든한 상가가 뒷받침을 해야 무인이 걱정 없이 칼질을 하지.'

엉덩일 흔들어 봐~~~

TV를 끈 지후는 다시 전설대전의 세계로 빠져들었다.

이틀이 지났을 때 결국 지후의 잠수도 끝나고 말았다.

갑작스럽게 모니터에 보이는 소영의 귓말에 지후는 죄를 지은 것도 아닌데 상당히 당황했다.

[설마하고 접속해 봤는데… 오빠는 역시 게임 중이셨네요. 아영언니한테 말해서 IP추적해서 찾아갈까요? 아니면 직접 오실래요?]

– 막판하고 갈게….

[빨리 오세요.]

'무슨 마누라도 아니고… 얼굴만 똑같은 게 아니라 전생에 마누라가 하던 짓을 그대로 하고 있어… 마누라가 나를 찾는 건 기가 막히게 했지. 마누라는 추격하고 난 도망쳤지. 지금 생각해보면 그때도 나름 재미있었는데.'

지후는 미라클 길드를 나오기로 했지만 아직 사무실을 구한 것은 아니었기에 미라클 길드에 있는 사무실로 향했다.

"지후씨 오셨어요?"

"막판은 이기셨어요?"

아영과 소영은 지후를 보자마자 싸늘하게 반겼다.

"으응."

"돌아오셨으면 바로 오셔야지. 지후씨는 걱정하는 사람은 생각도 안하시나요?"

"대체 어디서 뭘 하다가 오셨어요?"

둘이 쌍으로 바가지 긁니? 왜 그래? 오자마자 잠수타고 싶게.

"호텔에서 잠시 휴식을…"

"여기서도 휴식은 충분히 취하실수 있었을 텐데요."

"그러게요. 사무실에서 딱히 하는 일도 없는데."

나 바쁘게 일하고 왔거든? 그리고 내가 왜 하는 일이 없어? 딱히 없구나…

"대체 무슨 생각으로 그런 일을 벌이신 거예요? 제가 아무리 사람들한테 치이는 게 일이라지만 이번 일은 수습이 불가능하잖아요!"

"뭘 수습하려고 해. 그냥 냅둬. 마음 편하게. 그러다가 주름 생긴다."

"주으르음? 주름이라고 말 하셨어요?"

아 맞다. 나보다 나이가 많았지.

내 눈에는 그냥 애기들로밖에 안보이거든. 욕정의 대상들과 아닌 사람들을 구별하는 주의라서…

무림에서 산 세월이 있는데 너네는 그냥 애기지. 여자라기 보단.

"뭘 그렇게 발끈하고 그래. 그러다가 진짜 주름 생긴다."

"주름 없거든요. 그리고 제가 얼마나 관리를 열심히 하는데."

"그래. 관리 열심히 해. 여자들 늙는 거 한 순간이라더라."

아영은 지후의 말에 씩씩대며 있었지만 이런 순간조차 좋았다.

언제 이렇게 마음 편하게 사람을 대했던 적이 있었던가?

언제나 알고 싶지 않은 상대의 속마음을 읽고는 그저 대응만을 할 뿐이었기에 이런 순간이 아영은 너무나 좋았다.

하지만 열 받는 건 열 받는 거다.

뭘 잘했다고 사람 속을 긁는 말을 저렇게 해대는지 오늘 날을 잡아야겠다고 생각하는 아영이었다.

"오빠 그런데 왜 맞아주고 그런 거예요? 그냥 우리가 일본을 탈출 할 때 일본을 떠났어도 됐잖아요?"

조용히 듣고 있던 소영은 정말로 궁금하다는 듯이 지후에게 물었다.

"재밌잖아."

'이게 재밌어? 이게 무슨 유희야? 속을 알 수 없다는 게 이렇게 불편한가? 대체 저 머릿속에 뭐가 들어있는 거지?'

듣고 있던 아영은 지후의 대답에 이가 갈렸다.

"그게 뭐가 재밌어요? 그냥 우리랑 같이 돌아왔으면 이런 고생도 안 해도 됐잖아요."

"그럼 내가 섭섭하지. 먼저 시비를 걸어주는데. 그 성의를 무시하면 내가 우습게 보이잖아."

'우습긴 개뿔…. 누가 당신을….'

"그래도 이번 일은 너무 심했던 거 아니에요? 남아있는 일본인들은요?"

"자고로 망가뜨릴 땐 말이야. 복수를 꿈꾸지 못하게 철저하게 망가뜨리는 거야. 그래야 나중에 복수를 할 엄두를 내지 못하거든."

'그래서 한 나라의 모든 걸 들고 튀셨어요?'

"저도 일본을 좋아하지는 않지만… 무고하고 선량한 시민들도 있잖아요."

"그거야 내가 신경 쓸 필요가 없지. 자기들이 투표해서 뽑은 사람이 명령한 거잖아. 어쩌겠어. 지들이 멍청한 인간을 뽑아놓은 건데. 자기들이 선택한 사람이잖아. 모든 선택엔 책임이 따른다고."

"그런데 그 많은 돈은 어쩌시게요? 돌려주실 건가요?"

"내가 왜 돌려줘? 그건 내 수고비야."

"아니 무슨 수고비가… 일본이 싫기는 하지만… 성실하고 착하게 돈을 번 사람들이 너무 억울하잖아요."

"방금 말했지만 선택에 따른 책임이지. 내 알바가 아니야. 어차피 전산에 다 남아있을 거 아니야. 일본정부가 빚을 내서 갚아두던가 알아서 해결하겠지. 뭐 내가 일본정부에 사채를 좀 해줄 수도 있고."

"그거 원래 걔네 돈이거든요."

"이젠 내 돈이지."

"그건 강도짓…."

"걔네가 먼저 했어. 인질도 먼저 잡았고. 뒤통수도 걔네가 쳤어."

"하지만…."

"오빠가 쓸 만한거 많이 가져왔는데 한번 볼래?"

"우와~"

지후는 아공간에서 일본에서 털어온 보석류들을 꺼냈고 아영과 소영은 역시 여자인지 순간적으로 흔들리는 모습을 보였고 지후는 그 모습에 웃음이 났다.

"이래서 다들 지후 지후 하나봐?"

'미친….'

순간 두 사람은 자신들이 만지고 있는 보석을 내려놓으며 보석에 정신을 팔았다는 것을 느끼고는 헛기침을 하며 빠르게 자세를 가다듬었다.

'하긴… 지후씨가 협회에서 뜯어 갔을 때를 생각하면… 이번엔 나라를 통째로 들고 왔네…. 갈수록 스케일이… 이 사람을 내가 감당할 수 있을까?

"뭐 이미 지난 일인데 어쩌겠어. 그냥 마음 편히 살아. 마음 편히."

'어떻게 그런 일을 벌여놓고 자각이 이렇게 없을 수가 있는 거지? 대체 뇌구조가 어떻게 생겨먹어야… 처음 만났을 때 자기 속마음을 보여줬을 때도 어이가 없기는 했

지만….'

"그래도 상식적으로… 이걸 어떻게 수습하려고… 생각을 좀…."

"머리 아프게 왜 생각을 해? 그리고 수습은 미국이 열심히 하잖아. 정 생각하고 싶으면 네가 해. 난 안할래."

"그게 무슨 무책임한 말이에요!"

"너는 쏟아진 물을 주워 담을 수 있어? 이미 물은 쏟아졌고 주워 담을 수 없어. 그러니까 그냥 냅둬. 쏟아진 물을 닦는 건 네 자윤데 안 닦아도 시간이 좀 지나면 말라."

"한 나라의 존망이 걸린 일이에요. 그리고 그 나라의 국민은요?"

"네가 일본인이야? 아니면 걔네들 대신 살아줄 거야? 만약 걔네들 손에 죽었다면? 계속 이렇게 말할 거야? 이건 그렇게까지 신경을 쓸 문제가 아니야."

"이게 어떻게 신경을 쓸 문제가 아니에요!"

"너무 그렇게 복잡하게 살지 마. 너 빨리 늙는다. 무시하면 편해."

"그래선 이미지가…."

"내가 언제부터 그렇게 좋은 이미지였어? 난 그런 이미지라면 사양이야. 전부터 영웅이니 뭐니 개소리 짓거리는 거 솔직히 조금 짜증났거든. 그런 연기를 하면서 살고 싶지는 않아."

"연기는 자주 하시잖아요."

"그거야 내가 흥미가 있거나 재미가 있을 때지."

"그 재미 때문에 얼마나 많은 사람들이…."

"아무튼 적당히 막장인 이미지여야 '아 역시' 이러면서 넘어가지. 사람이라는 게 9개의 개념 없는 행동을 하고 1개의 개념 있는 행동을 하면 '생각보다 괜찮은 애'가 되는 법이지. 9개를 잘하다가 1개를 잘못하면 '그동안 좋게 봤는데 실망이네' 이렇게 되는 거고. 그러니까 나한테 기대를 품지 못하게 이런 이미지가 좋아. 어디로 튈지 모르니까 건들기 힘들잖아. 괜히 영웅인척 연기하다가 호구되는 수가 있어."

"틀린 말은 아니네요."

'소영아 저런 말에 설득 되지 마. 저거 다 그냥 앞으로도 막 살겠다는 소리잖아. 그 뒷감당은 언니 몫이란 말이야.'

"그런데 그 카케무샤라는 사람 오빠 맞죠?"

"오! 알아봤어? 대단한데."

"저야 오빠한테 검술을 배웠으니까요. 오빠가 검도 잘 쓰는 걸 알고 있는 사람이니까요. 그런데 이번에 너무 많은 헌터를 죽이셨어요…."

'뭐? 지후씨가 그 학살자였다고? 무슨 그런 얘기를 이렇게 태연하게 해 인간들아!'

"어차피 사람은 죽어. 가는데 순서 없지. 나한테 덤빈다는 건 못자리는 알아봤으니 하는 행동 아니겠어? 죽여

달라고 찾아온 건 걔네 선택이지. 내가 죽이고 싶어서 죽였나?"

"지후씨! 하지만 이건 가벼운 문제가 아니에요. 헌터의 가족들은요?"

"그럼 내가 대신 죽어줘야 해? 난 살고 싶었는데? 그래서 죽였는데."

"하지만 그들도 명령 때문에 어쩔 수 없이 지후씨를 공격한 거였잖아요."

"죽고 사는 것 정도는 스스로 판단해야지. 성인이라면. 일본은 성진국이잖아."

'미친. 지금 그딴 헛소리가 나와?'

"지후씨라면 죽이지 않아도 충분히 제압할 수 있었잖아요."

"그럼 약해보이잖아. 한번쯤 푸닥거리를 해줘야 똥파리들이 안 꼬이지."

"겨우 그런 이유로… 지후씨랑 대화하면 입안에 모래라도 가득 넣고 있는 기분이에요."

"왜? 내가 텁텁해? 구려?"

"그냥 가슴이 답답하다고요."

"심부전증 있어? 병원이라도 가봐. 심장에 이상 있나."

'당신이 그러니까 답답하다고!'

"그런 게 아니라…."

"그냥 마음을 비워. 그저 흘러가는 대로 흘러가라고 내버려 둬. 복잡하게 살지 마. 앞으로 나랑 일 안 할 거야? 같이 일한지 얼마나 됐다고 벌써부터 찡찡대."

18. 너는 오크다

18. 너는 오크다

    기자회견 후에 미국은 약간의 비판에 시달리기는 했지만 자국민들의 지지는 제대로 얻었다.

    국가의 틀조차 무너뜨리는 이지후와 친구관계라는 사실은 자국민들의 절대적인 지지를 받았다.

    백악관에 모인 유력 인사들은 오마바 대통령과 열띤 회의를 갖었다.

    "대통령님. 너무 이지후의 편만 드시는 것 아닙니까? 그가 하는 행동은 너무 위험합니다."

    "위험하다고요? 그로 인해 얻은 국민들의 지지가 보이지 않으십니까?"

    "하지만 그는 그냥 미친놈입니다. 대화자체가 불가능하지 않습니까? 그의 심기가 뒤틀리면 오로지 파괴만이 있습니다. 저희의 분석대로라면 그는 말 그대로 폭군입니다. 그는 수틀리면 협상이란 단계도 거치지 않지 않습니까?"

"그게 당연하지 않나? 자네가 생각을 해보게. 그런 힘을 가지고 있는데 왜 협상을 하겠나? 뭐가 아쉬워서? 그는 수틀리면 그냥 밟아버리지. 귀찮은 협상을 할 인물이 아니야."

"그래도 돈 같은 욕심은…."

"그가 얼마나 많은 재산을 가지고 있다고 생각하나? 예전에도 엄청났지만 지금은 계산이 불가능 하지. 경제대국인 일본의 모든 재산이 그의 손으로 들어갔으니까. 그는 협상을 하지 않는 게 아니라 할 필요가 없는 거야. 그건 약자나 욕심쟁이들이 하는 수단이지. 우리 미국은 그에게 어떠한 여지도 주어선 안 되네. 철저하게 실수를 저지르지 않도록 각별히 주의해야 해. 계속 언론을 통해 우리와 그가 친구라는 사실을 강조하게."

"그러다 그가 더 큰 사고를 치면 우리 미국의 이미지도 같이 추락합니다."

"자네들은 지금 국민들의 환호성이 들리지 않나? 난 미합중국의 대통령이 된 이후에 이토록 많은 지지를 받아본 것은 처음이네. 아마 나처럼 지지를 받은 대통령도 없었겠지. 국민들은 이지후와 미국이 친구관계가 된 것을 나의 위대한 업적이라고 하더군. 그는 하이리스크 하이리턴이지. 처음부터 우리 미국이 그와 친구가 되려던 건 아니었어. 제

거와 회유라는 두 가지 의견이 팽팽하게 대립했지. 미국의 자존심이 걸린 문제였으니까. 그런데 말이야. 그를 제거할 방법이 도저히 없더군. 그런 상황에서 제거를 시도하다가 실패를 한다면? 미국이라고 얼마나 달랐겠는가? 미국도 일본 꼴이 낫을 수도 있지. 지금 우리는 충분히 그와 사이가 좋아. 그는 통제 불능이야. 그저 기분에 따라 움직이지. 그러니 그를 통제하려고 하지 말게. 괜히 그의 가면을 벗겨서 미국을 사지로 내몰 생각들은 버리게. 난 미국이 일본처럼 되기를 바라지 않네."

오마바 대통령의 말에 이곳에 모여 있던 관료들은 반박할 말을 잃었다.

"괜히 그를 회유하려고 하거나 미국인으로 만들기 위해 애쓰지 말게. 지금 충분히 그는 우리 미국에 호의를 가지고 있네. 모든 일은 자연스럽게 진행 돼야 해. 부자연스럽다면 그와의 관계가 불편해 질수도 있어."

"하지만 너무 저희 미국이 그의 편을 드는 것을 보고 다른 나라들이 불편해 합니다. 이번 기자회견과 이지후의 일로 잡음이 심합니다."

"우리 미국이 언제부터 다른 나라의 눈치를 봤지? 눈치는 이지후 하나로 족해. 다른 나라는 무시해도 좋아. 이번에 이지후가 일본에서 깽판을 치면서 우리 미국에 뭘 선물했는지 아나? 일본에서 가지고 있던 미국의 국채의 반을 조건 없이 미국에 돌려준다더군."

"조건 없이 말입니까?"

"그깟 여론이 무슨 대수입니까? 우리는 이번에 엄청난 선물을 받았습니다. 그러니 앞으로 이지후에 대한 어떠한 부정적인 의견도 듣지 않겠습니다."

일본에서 보유하고 있던 미국의 국채는 엄청난 양이었다.

그것의 반을 아무 조건 없이 미국에 줬다는 사실은 이곳에 있는 모두에게 충격이었고 더 이상은 반박할 이유가 없어지는 순간이었다.

◆

지후는 간단한 일처리 후에 다시 여유 있는 삶으로 복귀하였다.

간단한 일처리가 뭐냐고?

미라클 길드를 나오기로 했기에 사무실을 얻는 것이었다.

하지만 그냥 일반적인 사무실은 싫어서 웨이브에 박살난 목동의 주택가 단지를 매입했다.

평수만 5만평인 엄청난 면적이었지만 지후에게는 티도 나지 않을 금액이었다.

지후는 그곳을 매입 후 공사를 진행했다.

공사는 1년이 걸릴 예정이었지만 돈으로 안 되는 일이 어디 있겠는가?

지후는 건설업을 하는 헌터들도 모집하고 여러 건설사에 3배의 금액을 제시했다.

거의 24시간동안 풀로 엄청난 인력을 돌리게 되니 완공 예정은 2달로 줄어들 수 있었다.

뭐 그동안은 호텔의 스위트룸을 빌려서 생활하기로 하며 미라클 길드를 나온 지후였다.

아무래도 상대가 지후이다 보니 호텔 측은 보안을 위해 지후가 있는 아래층까지도 비워주었다.

그곳은 아영과 소영 그리고 지후를 찾아온 한명의 어리석은 인간이 사용하게 되었다.

그 어리석은 인간이 누구냐고?

영국에서 지후를 찾아 온 넷째왕자인 윌슨이었다.

지후가 윌슨을 받아줬냐고?

받아줬다.

대신 1주일 정도를 미친 듯이 매타작을 해줬다.

그의 비명은 쩌렁쩌렁하게 호텔을 울렸지만 지후가 소리가 세어 나가지 않게 호신강기를 펼쳐서 비명을 들리지 않도록 했기에 그 사실을 누구도 몰랐다.

왜 1주일이나 팼냐고?

사실 지후는 영국에서 처음 윌슨을 볼 때부터 마음에 들었다.

윌슨의 근골이 그동안 봐온 사람들 중에 가장 좋았기 때문이다.

무공을 익히기 좋은 몸이랄까?

하지만 무공을 익히기엔 나이가 든 것이 흠이었다.

그랬기에 지후는 혈을 뚫고 근골을 바로잡기 위해 윌슨을 패고 또 팼다.

물론 이유는 생략했기에 윌슨은 영문도 모른 채 맞고 또 맞았다.

자신이 왜 그를 찾아왔나 후회를 했지만 한번 온 이상 지후의 손에서 빠져나갈 방법은 없었다.

지후에겐 또 다른 여흥거리가 생긴 것이기에 실감나는 샌드백이 생겼기 때문이다.

그래도 맞은 만큼 보상은 있었다.

지후는 아공간에 있는 불의 우산이라는 아이템을 윌슨에게 주었다.

자신은 검을 쓰는데 갑자기 우산이냐며 싫다고 했지만 지후에게 죽기 직전까지 맞고는 즐거운 마음으로 우산을 들었다.

불의 우산의 능력치가 범상치 않았고 다 지후가 생각이 있어서 그러는 거라는 아영과 소영의 설득 때문이었다.

그게 끝이 아니었다.

지후는 앞으로 그들을 부려먹기 위한 투자를 시작했다.

이미 아영은 S급 장비로 도배가 되어있었기에 패스였고 그 혜택은 윌슨과 아영에게로 돌아갔다.

지후는 가지고 있던 3개의 강화석으로 소영의 뇌룡도와 뇌룡의 갑주세트를 그리고 윌슨에게 준 불의 우산을 강화했다.

[강화된 뇌룡도 (S급) - 마력 주입 시 뇌전 사용가능.
공격력 증가 50%. 1초간 30%의 확률로 적을 스턴상태로 만듦.]

[강화된 뇌룡의 갑주세트 - 뇌전을 사용하게 해줌. 이동속도 100%증가. 방어력 50% 증가.]

[강화된 불의 우산 - 우산을 펼치면 방어력 100% 상승. 공격한 적에게 30%의 데미지를 화염으로 돌려줌.
우산을 접은 상태에선 공격력 100% 상승. 공격력의 30%만큼의 화염공격이 함께 들어감.]

지후는 앞으로 너희를 개처럼 부리겠다는 투자였지만 그 엄청나다는 강화석을 자신들에게 사용하는 지후를 보며 무한한 충성심을 느끼게 되는 두 사람이었다.

대한민국에서 지후에 대한 여론은 좋지도 나쁘지도 않았다.

예전엔 마냥 좋았지만 이번에 지후가 일본에서 벌인 일은 말도 많고 탈도 많았기 때문이다.

그리고 여전히 지후를 인정하지 않으려는 사람들이 있었다.

그들은 이번에 지후를 일본으로 보내는데 일조했던 기업인들이었는데 불매운동에도 불구하고 여전히 버티고 있었다.

지후에 대한 악의적인 여론을 생성시키며.

그 모습을 보며 오히려 지후는 기뻐했다.

예전엔 너무 좋은 여론만 있어서 오히려 불편했기 때문이다.

하지만 그런 여론을 보며 지후를 제외한 세 사람은 기분이 좋지 않았다.

그래서 지후에게 이대로 둘 거냐고 따졌지만 돌아오는 대답은 역시나 명불허전이었다.

"내버려 둬. 그래야 나중에 여흥을 즐기지. 사람이 가끔 재밌는 일도 해야 되는데 다 치워버리면 건수가 없잖아. 암세포는 키워서 도려내야 제 맛이지."

아영은 또 무슨 사고를 치려고 저런 소리를 하나 골이 아파왔지만 내색을 하지는 못했다.

그 날 저녁 지후는 호텔로 찾아온 지수로 인해 골을 붙잡고 있었다.

다시는 지수의 입에서 그런 말이 나오지 않을 거라고 생각했었지만 지수의 입에서는 지후가 생각하기 싫었던 얘기가 나오고 있었다.

"오빠 나랑 예능 좀 출연해서 이미지 세탁 좀 하자."

"너 저번에 나랑 예능 출연해서 어떻게 됐는지 기억 안 나? 그때 네가 나한테 다시는 예능하자고 안 한다며?"

"그래도 이미지 세탁에 예능만한 게 없지. 그리고 이번에 할 예능은 전에 하던 거랑 달라서 괜찮아."

할? 할? 답은 정해져 있냐?

"뭔데?"

"헌터의 법칙이라고 헌터들이 오지에 가서 생활하는 프로그램이야."

"그거 외국 나가서 오랫동안 촬영하는 거 아니냐?"

"맞아…."

"나 안 해. 지금 나랑 장난하냐? 가능한 게 있고 불가능한 게 있지."

"오빠한테 딱 맞는 프로그램이야. 헌터들도 나오고 이번에 오빠를 특집으로 해주겠다고 PD님이 얘기했어. 간간히 인터뷰 식으로 토크도 껏 들여서 오빠가 해명하는 시간도 준다고 했고."

"내가 나가면 당연히 내 특집이지."

'어련하시겠습니까?'

지수는 이 말을 입 밖으로 내는 실수를 범하지는 않았지만 지후를 설득해야 한다는 사실에 골치가 아파왔다. 하지만 자신의 지원군으로 등장한 아영으로 인해 약간의 기세가 살아나는 지수였다.

아영은 눈치껏 지수의 편을 들었다.

그리고 지수의 말대로 이미지 세탁을 하기엔 예능만한
게 없다고 생각했고 그 곳에선 사고를 안치겠지라고 착각
하는 아영이었다.

"지후씨. 제가 생각하기에도 지수씨랑 이번에 예능을 출
연하는 게 좋을 것 같습니다. 지후씨는 신경 쓰지 않겠지만
아무래도 지수씨는 연예인이시고 아버님도 사업을 하시지
않습니까? 계속 여론이 악화되는 걸 방치하는 것은 좋지
않다고 생각합니다."

"그건 그렇지. 그런데 이건 촬영일자가 너무 멀다고. 거
기 인터넷은 되? 나 전설대전 해야 되는데."

"오빠가 애도 아니고 전설대전 며칠 못한다고 어떻게 되
는 것도 아니고 그냥 나랑 촬영하러 가자. 응? 그 PD님이
나 데뷔 때부터 많이 도와주셨단 말이야. 그리고 PD님 한
테도 오빠가 출연한다고 했단 말이야."

"그걸 왜 네가 결정해?!"

"오빠가 나를 거짓말쟁이로 만들지는 않을 거 아니야.
설마 동생을 거짓말쟁이로 만들 건 아니지?"

사실 지수는 그런 약속은 하지 않았다. 그저 긍정적이게
생각해 본다고 했을 뿐이었다.

지수는 그저 자기 나름대로 지후를 걱정해서 나서는 것
이었다.

어떻게 보면 오빠를 생각해서 한 행동이었지만 지후에게 그게 큰 도움이 될지는 물음표였다.

"언제 가는 건데?"

"2주 뒤에. 원래 다른 사람들이 가는 거였는데 오빠 때문에 출연진 다 바꾸고 있대."

'거기 여자도 가냐?'

지후는 차마 이 말을 하지 못했다.

요즘 들어서 아영과 소영이 부쩍 자신의 말에 토를 달기 시작했기에 긁어 부스럼을 만들 생각은 없었기 때문이다.

"알았다. 가자 가. 그런데 PD 전화번호 좀 줘봐. 사전에 어느 정도 얘기는 해야지."

"오빠 부탁이니까 이번엔 저번처럼 사고치지 마."

"내가 언제 사고를 쳤어? 오빠 때문에 그 프로그램들 폐지위기까지 갔었거든."

"어차피 오지에 가서 며칠씩 있는데 그럴 일이 있겠냐?"

'오빠라면 충분히…. 가서 사고치지 않게 내가 잘 감시해야 해. 괜히 이미지 세탁하려다가 똥물에 담그고 오면 안 되니까.'

지수가 돌아간 뒤에 지후는 지수에게 받은 PD의 전화번호로 전화를 걸었고 PD에게 한 가지 부탁을 했다.

대신 촬영에 성실히 임하겠다며 딜을 했고 PD는 그 그림도 나쁘지 않을 것 같아서 흔쾌히 허락했다.

지후의 요구는 간단했다.

여자 출연자를 대부분으로 늘려달라는 요구였다. 물론 지수에게는 비밀로 해달라는 것을 신신당부했다.

이왕 출연을 할 거 눈요기라도 제대로 하고 오겠다고 마음을 먹은 지후였고 그걸 지수가 알게 된다면 아영과 소영의 귀에도 들어갈 수가 있었기에 PD에게 보안에 신경써달라며 두 번 세 번 말했다.

PD도 연예인과 지후가 스캔들이 있었던 일이 많았기에 최소한 그 분량은 확보할 수 있다는 생각에 허락을 했다.

그 딜로 인해서 이번 촬영이 얼마나 막장으로 흘러갈지는 아무도 몰랐다.

◇

지후의 방안에는 지후와 세 사람이 모여 있었다.

지후는 소파에 누워있었고 세 사람은 앉아서 뉴스를 보고 있었다.

뉴스에는 요즘 한참 시끄러운 세계적인 테러집단과 연쇄살인범에 대해서 나오고 있었다.

"세상 말세네."

"그러게요. 요즘 너무 살벌하네요."

"뭐 저런 거로…"

〈…마지막 뉴스입니다. 오늘 오전 북한의 뉴스를 통해서 백악관과 청와대가 불타오르는 영상과 이지후 헌터의 얼굴 사진을 프린트한 군인을 사살하는 영상을 방송으로….〉

아영은 다급하게 리모컨을 들고는 뉴스를 꺼버렸다.

'지후씨 성격에 북한으로 쳐들어간다고 하는 거 아니야?'

다들 지후의 눈치만을 보며 지후를 바라봤고 지후는 어깨를 돌리며 누워있던 몸을 일으켜 소파에 앉았다.

"뭘 그렇게 눈치들을 보고 그래?"

"그렇지만 북한에서…."

"근데?"

"네?"

"그래서 어쩌라고. 내가 북한으로 쳐들어가기라도 할까? 그게 쟤네가 원하는 걸걸?"

"그게 무슨 말이에요?"

"딱 보면 몰라? 자기들로는 몬스터들이 감당이 안 되나 보지. 그래서 도발하는 거잖아. 와서 처리하라고. 저런 건 일일이 대응할 가치도 없어. 그냥 무시하면 되. 도발은 얼어 죽을 별 거지같은 것들이. 아 거긴 진짜 거진가?"

"하지만 저런 방송을 내보낼 정도라면 정말 상황이 심각한 것 아닌가요? 도움을 줘야 하는 것 아닐까요?"

"도움을 왜 줘?"

"하지만 북한은 우리와 한민족…."

"그동안 우리나라가 북한에 충분히 퍼줬잖아. 그거로 걔네가 뭐했냐? 우리 죽이려고 무기나 만들고 있었지."

"그래도 지후씨라면 북한을 충분히 도울 여력이 있지 않나요?"

"맞아요. 오빠라면 이 기회에 우리나라의 숙원인 통일도 가능할 것 같은데요."

"그걸 내가 왜 신경 써? 내가 정치인도 아니고. 그건 세금으로 월급 받는 인간들이 할 일이고."

"하지만 북한은…."

"난 전혀 도와주고 싶은 생각이 없는데? 같잖은 장난질로 도발이나 하는 놈들을 왜 도와?"

"그거야 상황이 그만큼 절박해서 아닐까요?"

"내가 왜 힘들게 돈 벌어서 알지도 못하는 것들한테 퍼줘?"

"지금은 분단되었지만. 원래는…."

"아영이랑 소영이 똑바로 들어. 헛소리 작작해. 난 내 돈으로 무기를 만들거나 장난치는 꼴 못 봐."

"그럼 김씨 일가만 처리하면…."

"제법 과격한 소리도 하네? 그런데 그건 말이 안 되지. 북한사람들은 이미 뼛속까지 세뇌된 놈들이야."

"그래도 말도 통하는데 교육을 한다면 되지 않을까요?"

"아이템이면 요즘 언어는 다 해결되는데 한글 쓰는 게 뭐 그렇게 대단하다고? 내가 예전부터 궁금했는데 북한이 왜 불쌍해? 왜 도와야 해?"

"그거야 뉴스에 보면 굶주리고 착취당하는…."

"도무지 이해가 안가. 우리나라 사람들은 우리나라가 엄청 잘 산다고 생각하나봐? 연예인들도 그렇고 기업들도 그렇고 왜 다른 나라를 돕는데 열정적으로 나서는지 모르겠어."

"그거야 그들은 가난과 굶주림에 허덕이니까요. 단 돈 만원으로도…."

"그 만원으로 우리나라에도 충분히 도움 될 사람들이 많아. 물론 아프리카 같은 나라가 못 사는 거야 인정하지. 근데 의료지원도 그렇고 후원 같은 것도 말이야. 우리나라에서 충분히 할 수 있잖아? 왜 외국에 못해줘서 안달들이야? 조금만 시선을 돌리면 우리나라에도 가난하고 의료혜택을 못 받고 도움을 청하는 손길이 널렸어. 우리나라에도 밥 한 끼 제대로 못 먹는 사람도 많다고. 정작 같은 나라 사람들은 굶고 아파하는데 왜 다른 나라 사람부터 돕는지 이해가 안가."

"하지만 북한은 다른 나라와는 조금 다르지 않나요? 지금은 분단되었지만 원래 한민족이었는데. 그리고 소영이 말대로 통일이라도 된다면 우리나라에도 좋은 거 아닌가요? 청년일자리도 해결 될 거고."

"통일이고 나발이고 언제 적 얘기를 하는 거야? 이만큼 떨어져 살았으면 남이지. 그동안 그렇게 우리나라가 베풀어줬는데 뭐가 나아졌어? 툭하면 도발이나 협박만 하고. 걔네가 총질해서 죽은 우리나라 군인들은? 걔네들 부모가 참도 통일을 반기겠다. 내가 시선이 꼬인 것 같아?"

뭐 좀 꼬였지. 그리고 그런 귀찮은 일을 나보고 하자는데 막아야지.

"통일되면 경제가 좋아지고 잘 살 거라고 생각하는 건 큰 착각이야. 코리아 디스카운트라는 말 알지? 그런데 통일돼서 딱히 좋아지지 않는다면 오히려 우리나라엔 손해가 클 걸?"

"땅도 넓어지고 북한을 개발하다보면 경제도 활성화 되지 않을까요?"

"땅만 넓어진다고 좋을 것 같아? 그걸 행할 기반이 없어. 우리나라도 취업난에 불경기라고 빌빌거리는데 북한사람들까지 어떻게 먹여 살리게? 내가 아무리 돈이 많다고 알지도 못하는 것들을 먹여 살려야 하나? 우리나라 사람들도 취업을 못해서 놀고 있는데 북한 사람들까지 취업경쟁에 합류하면? 스펙이 더 좋은 우리나라 사람들도 힘든데 걔네가 취업이 쉬울까? 북한에 우리나라보다 실업자가 많은 텐데? 통일을 하면 걔네들은 자기들에게 우선적으로 베풀어주기를 바랄텐데? 북한을 개발한다고 얼마나 많은 사람들이 북한으로 가서 살까? 요즘 사람들이 집 안사는 거 알지? 그런데 참도 북한에 집을 지어놓으면 사겠다. 그랬다가 부동산 똥값 되서 난리 날 걸? 북한 사람들이야 돈이 없으니

못 살 거고."

"그래도 대의적인 차원에서 생각해야 하는 문제 아닐까요? 연로하신 분들은 북에 있는 가족들을…."

"내가 연로하지 않아서 모르겠어. 딱히 우리집안에 북에 가족이 있는 사람도 없고. 한 핏줄 같은 소리하지 마. 툭하면 총질하는데 무슨 한 핏줄을 따져. 난 빨갱이 새끼들 하나도 안 불쌍해. 이미 썩은 사상에 사로잡혀 있어서 이제 와서 통일 되면 오히려 사회적으로 혼란만 커지지."

그냥 싫다. 귀찮다. 이렇게 말을 해서 알아들을 너희가 아니지. 이젠 좀 고쳐질 때도 됐는데.

"윌슨. 왜 가만히 듣고만 있어? 할 말 없어? 네가 생각할 땐 어때? 왕자씩이나 돼서 아무 생각이 없지는 않을 텐데?"

"제 입장에서야 이런 문제는 조심스럽죠. 왕자의 입에서 정치적인 말이 잘못 나오면 사회적으로 문제가 생길 수도 있어서요."

"그럼 하나만 묻지. 영국이 왜 유럽연합을 탈퇴하려고 했지? 카탈루냐가 왜 스페인에서 독립하려고 했지?"

"……."

"이유야 많지만 가장 큰 이유는 돈 때문이지. 자기들 돈으로 먹여 살리는 게 싫으니까. 우리나라 사람들이랑 북한 사람들이랑 참도 사이좋게 잘 살겠네. 정말 아영이나 소영이 말대로 경제 활성화나 일자리 창출이 목적이라면 북한이 이대로 몬스터에게 망해버리는 게 가장 좋아. 소수의 북한 사람들 정도야 케어가 가능할 테니까. 망하고 나서 북한을 싹 쓸어버리면 너희가 바라는 대로 될 수도 있겠네."

뭐 그게 너희가 바라는 건 아니겠지만. 너희는 무슨 내 돈을 무슨 자선 사업하는데 쓰려고 하고 있어.

"오빠가 그렇게까지 생각하시는지는 몰랐어요."

"저도 지후씨가 그렇게 깊이 생각하고 계신지는 몰랐네요."

깊이 생각했지. 앞으로 너희들한테 이런 일들을 설명시키지 않으려면 진지하게 얘기를 해줘야 했으니까. 그냥 편하게 살자. 귀찮게 남들까지 신경 쓰지 말고.

"뭐 그래도 적이 도발을 해왔는데 답장 정도는 해줘야 하나?"

"네? 그게 무슨? 그냥 가만히 있으시면 될 것 같은데."

"오빠 또 무슨 사고를 치시려고요."

"사고는 무슨. 그냥 안부 인사정도나 하는 거지."

지후와 세 사람은 점심 휴식을 마치고 호텔에 있는 훈련실로 향했다.

"윌슨 그런데 훈련을 한다는 놈이 왜 정장이냐?"

"저 꼭 킹스X에 나오는 배우같지 않나요?"

미친놈… 이 새끼도 가만 보면 정상은 아니야. 우산 줬더니 이상한 짓이나 하고 있네.

"영국인이라서?"

"그쵸."

"글쎄다… 형이 너희 나라에서 느낀 점은… 그다지 신사의 나라가 아니라는 점과 매너가 사람을 만들지 못한다는 것 정도? 너희 나라 매너는 슈레… 아니… 피오… 아니 몬스… 뭐라고 하지?"

"말하지 않아도… 알아요…."

"그래. 매너가 사람을 만들지 못하더라."

진화가 덜 됐어.

윌슨도 인정은 하지만 자신의 가족 이야기이기에 기분이 상했는지 지후와의 대련에 평소보다 더욱 힘을 다했다.

결과야 정말 신나게 지후에게 두드려 맞고 입고 있던 수트는 걸레가 된 것이지만.

윌슨은 짜증이 났는지 바닥에 드러누워서 거친 숨을 몰아쉬고 있었다.

"왜 내 상대가 안 되서 짜증 나냐? 어떤 짜증나고 힘든 일도 포기하지 않고 하면 결과가 나와. 그리고 시간이 지난 후에 생각해보면 그땐 왜 그랬을까 우습기도하고 허무하기도 하지. 생각해보면 지금 네가 겪는 고난이라고 생각하는 것도 별거 아니거든."

앞으로 더 아프게 맞아야지. 아프니까 청춘인데.

"정말 그럴까요? 사실 스스로는 강해지는 걸 느끼긴 하는데 예전이나 지금이나 형님의 옷깃도 스치지 못 할 때마다 회의감이 밀려오거든요."

"형이 예언하나 해줄까? 네가 지금 그렇게 바닥에 드러 누워서 수련을 안 하고 논다면 네 미래가 아주 좇 된다는 걸?"

"하지만 좇 되는 건 미래의 나지. 지금 현재의 내가 아니 잖아요. 지금은 너무 힘들어서 좀 쉴게요."

퍼억!

"형이 예언 했잖아. 그렇게 누워 있으면 네 미래가 어떻 게 된다고?"

좇 된다고!

지후는 누워있는 월슨을 밟기 시작했다.

월슨은 지렁이가 꿈틀거리는 것 마냥 몸부림을 쳤지만 지후의 공격은 참 찰지게도 월슨에게 다 들어갔다.

아무래도 아영과 소영은 여자이다 보니까 지후가 월슨만 큼 구타를 하지는 않는다.

그리고 월슨은 지후가 보기에 정말 좋은 샌드백이었다.

월슨의 발버둥이 너무 불쌍했는지 그 모습을 보며 아영 이 나섰다.

"그래도 시작이 반이라는데 이 정도면 많이 는 것 아닌 가요?"

"시작은 시작이지. 그동안 아영이 네가 그런 안일한 생 각으로 수련을 했나 보구나?"

순간 아영은 움찔했지만 설마하는 심정으로 지후를 바라 보았다.

그리고 아영은 기절했다.

지후의 구타가 아영에게도 펼쳐지고 있었다.

지후는 남녀평등을 주장하는 사내였기에 괜히 나선 아영은 본전도 못 찾고 구타의 세계에 입문했고 그날 밤 아영은 자신이 지후에게 대련이 아닌데도 맞았다는 사실에 호텔 방안에서 오열을 했다.

"하아 하아. 형님 이제 그만… 때리세요… 앞으로 제가 더 열심히 하겠습니다."

응? 열심히 하라고 때린 건 아닌데? 그냥 네가 참 찰져.

"앞으로 멀리 내다보고 수련을 하겠습니다. 제가 조급했던 것 같아요."

"멀리 보면 가까이 있는 걸 놓치지."

윌슨의 얼굴 앞에는 지후의 주먹이 있었다.

퍽!

"거봐. 코앞에 있는 것도 못 보잖아."

윌슨은 쌍코피를 흘리며 원망스러운 눈빛으로 지후를 바라보고 있었다.

'대체 뭐라고 해야 형님의 구타가 멈추지? 아 오늘 왜 이러는 거지? 설마… 아까 우리한테 북한 어쩌고 일일이 설명하느라 짜증나신 건가?'

정확하게 알고 있는 윌슨이었다.

"너 내가 알려준 마력호흡은 제대로 하고 있어? 이거

153

영 마력이 늘어난 것 같지가 않은데?"

"열심히 하고 있습니다."

"그래 열심히 해. 몸속에 가지고 있다고 다 마력이 아니야. 그럼 똥도 마력이겠지. 제대로 컨트롤 하지 못하면 마력이나 똥이나 같아."

"네. 열심히 하겠습니다."

"그런데 너 요즘 몇 시간이나 자냐?"

갑자기 잠은 왜 물어보시는 거지?

"4시간 정도 자고 있습니다."

이정도면 되겠지?

"그 실력에도 잠이 오나보네."

지후는 구타를 하며 오늘 쌓인 스트레스를 풀었는지 흥얼거리며 훈련 실을 나오고 있었다.

'빨리 강해져라. 그래야 때릴 맛이 나지. 형이 고생 끝에 골병난다는 말이 뭔지 알려줄게.'

어느덧 헌터의 법칙 촬영 날이 되었고 지후는 배웅을 하러 나온 아영과 소영 윌슨과 함께 공항에 있었다.

출연진들은 이미 12시간 전에 출발했고 지후는 지수와 5명의 스텝들과 뒤늦게 출발하기로 되어 있었다.

왜 같이 출발하지 않냐고?

지후가 누구겠는가?

지후가 촬영으로 외국을 간다고 하자 오마바가 선물이라며 전용 제트기를 보내왔다.

물론 크기가 크지 않아서 많은 사람이 탈 수 없었기에 지후와 지수만 이 전용기를 타고 촬영지로 향하기로 되어 있었다.

지후는 굳이 출연자들과 이리저리 비행기를 갈아타며 가고 싶은 생각이 없었다.

그리고 출연자를 아영과 소영이 본다면 왠지 막아설 것 같은 느낌이 들었달까?

"오빠 잘 다녀오세요."

"형님 조심히 다녀오세요."

"지후씨. 사고치지 마시고요."

"그래. 너희들도 수련 게을리 하지 말고. 아 맞다. 아영아."

아영은 갑자기 자신에게 다정한 목소리로 지후가 부르자 얼굴을 붉히며 지후를 바라봤다.

"네? 왜요?"

"두 달 뒤에 들어갈 집에 일하는 사람 뽑아 놔라."

"네? 갑자기 그걸 왜?"

"미리미리 뽑아 놔야지. 너희가 청소하고 빨래하고 밥할 거야?"

"뽑아 놓을게요. 그런데 그건 지후씨가 돌아오면 같이 하는 게 낫지 않을까요?"

내가 하기 싫어서 일부러 촬영갈 때 시키는 게 아니야. 진짜로. 진짜라니까.

"너희 셋이 잘 뽑아봐. 그리고 아영이 네가 속마음을 읽는데 이상한 사람들 뽑을 리도 없고. 넌 면접계의 스페셜리스트야. 그러니까 잘 부탁해."

"네…."

이거 왠지 그냥 귀찮아서 시키는 것 같은데….

지후와 지수는 비행기에 올랐고 배웅을 나왔던 세 사람도 호텔로 향했다.

그리고 호텔로 돌아왔을 때 뉴스를 보다가 세 사람은 마시던 음료수를 뿜었다.

지후가 북한에 안부 인사를 한다고 했었지만 아무 일도 없이 조용히 넘어갔기에 안심을 했는데 똥을 푸짐하게 싸놓고 외국으로 튀어버린 것이었다.

"컥. 커억. 애들아. 저기 나오는 거 지후씨 맞지?"

아영의 말에 소영과 윌슨은 고개를 끄덕이고 있었다.

뉴스에서 나오는 영상은 정말…. 판타스틱 했다.

영상에는 지후와 오크가 나오고 있었다.

오크는 북한군의 군복을 입고 있었고 가슴에는 김정원이라고 이름이 선명하게 프린트 되어 있었다.

"정원아. 너는 굳이 얼굴을 프린트 안 해도 될 것 같아 내가 수고를 덜었어. 너랑 똑같이 생긴 애들이 많네? 혹시 너한테 암컷 오크들이 달라붙지는 않냐? 네가 북한의 보스 몬스터니까 북한은 오크 던전인가? 몬스터 랜드라고 해야 하나? 아무튼 오크들이 너한테 친구라면서 많이 찾아갈 텐데 동족끼리 잘 해줘. 번식력이 그렇게 좋다던데. 한번 암컷들이랑 번식도 해봐. 너니까 가능할 거야."

지후는 이런 말도 안 되는 대사를 하고는 북한의 한복을 입고 있는 오크 암컷을 데리고 오더니 김정원이라는 오크와 교미를 시켰다.

그리고 한참 절정에 올라있는 오크들을 때려 죽였다.

물론 교미장면부터 오크를 때려죽이는 장면은 모자이크가 되어 나왔지만 누구나 다 예상할 수 있었다.

"정원아. 까불면 이렇게 되는 거야. 그러니까 까불지 말고 암컷오크들이랑 조용히 놀아."

그렇게 방송은 끝났고 그 영상으로 인해서 대한민국은 발칵 뒤집혔다.

물론 아영은 지후가 싼 똥을 치우기 위해 분주히 전화기를 돌렸다.

'지후씨가 포기하면 편하다고 그랬는데… 나도 그냥 포기할까?'

세 사람에게서 지후의 예측 불가능한 행동에 대해 포기라는 단어가 강하게 드는 날이었다.

◆

　뜨거운 태양아래 한가롭게 의자에 누워 일광욕을 즐기고 있는 사내가 있었다.

　그리고 그의 주변에는 비키니를 입고 있는 네 명의 여인이 있었다.

　그리고 누워있는 그 사내에게 사정을 하고 있는 한 남자도 있었다.

　"지후씨. 계속 이러시면 어떻게 촬영을 합니까? 저희 프로그램은 리얼입니다. 리얼. 야생에서 최소한의 도구로 생존하는 프로그램인데 이러시면 어떻게 합니까?"

　"에이 거참. PD님도 빡빡하시네. 리얼이라면서요. 저도 지금 꾸밈없이 리얼하게 제 모습을 보여 드리고 있는데요."

　이게 어떻게 된 일이냐고?

　촬영은 지후가 남태평양의 사모아제도의 남쪽에 위치한 통가에 도착하면서부터 엇나갔달까?

　지후는 공항에 도착해서 이번에 촬영에 임할 연예인들과 스텝들을 만날 수 있었다.

　그들은 지후와 지수보다 1시간 먼저 도착해서 지후와 지수를 기다리고 있었다.

　"모두 반갑습니다. 헌터의 법칙의 메인PD인 이중호라고 합니다. 이제야 이번 통가 편을 촬영할 모든 사람이 모였네요. 저는 그냥 편하게 이PD라고 부르시면 됩니다."

다들 스텝들과 인사를 나누고 본격적으로 촬영이 시작되었다.

"저는 헌터의 법칙에서 족장을 맡고 있는 김영만이라고 합니다. 세계 최고의 헌터인 지후씨를 만나게 돼서 정말 영광입니다."

키는 작지만 탄탄한 몸에 연예인을 하기 전에는 B급 탱커였다고 하니 프로그램과 참 잘 맞아떨어지는 남자 같았다.

"에이 나이차이도 있는데 간지럽게 존댓말은 무슨. 그냥 편하게 하세요. 저도 편하게 형이라고 할게요."

지후의 넉살에 영만은 기분이 좋았다.

사실 워낙 말도 많고 세계최고의 헌터이다 보니 신경이 쓰여서 지후의 출연소식을 접한 뒤로는 잠도 제대로 못 잤었기 때문이다.

"그래. 10일 동안 잘 지내보자."

지후와 영만이 편하게 인사하는 모습을 보자 다들 경계심을 풀었는지 출연자들은 지후와 지수의 곁으로 다가왔다.

다른 사람들은 다 같은 비행기를 타고 왔기에 통성명을 나눈 상태였지만 지후와 지수는 따로 왔기에 간단한 소개 시간을 갖고 있었다.

"안녕하세요. 지후씨. 말씀은 많이 들었어요. 저는 영만이 형의 오른팔을 맡고 있는 개그맨 류진입니다."

돼지네 그냥.

"저는 배우인 김수한이라고 합니다. 제가 별로 알려지지 않아서 잘 모르시겠지만 잘 부탁드립니다."

"아 혹시 아침에 막장드라마 나오시던 분 아니세요?"

"어? 저를 아세요?"

"알죠. 그 드라마 몇 번 보다가 암 걸릴 뻔 했는데."

순간 지수가 옆에서 지후의 옆구리를 꼬집었고 지후는 말을 멈췄다.

"아, 안녕하세요. 지난번에 식사이후로 처음이네요."

누구냐고? 지후가 지수 때문에 일일매니저로 콘서트 장에 갔을 때 구해줬던 아이돌이다.

그 때 지후에게 마스크를 빌려줬던 걸프렌드의 은아였다.

그 후에 지후와 식사를 하면서 가까워 질 뻔 했지만 협회의 삼마가 스캔들을 조작하는 바람에 둘은 더 이상 연락을 하지 않았었다.

"여기서 보게 되네요. 우리 잘 지내봐요."

"네."

볼이 빨개진 은아는 쑥스러워 하며 수줍게 인사를 마무리했다.

"지난번에 콘서트 장에서 구해주셔서 정말 감사했습니다. 저 기억은 하시죠?"

"당연히 기억하죠. 에이블루의 초영씨잖아요."

"그런데 왜 그렇게 제 톡에 답장을 안 해주신 거였어요?"

"아 그때 제가 연락을 드릴 상황이 아니어서요. 은아씨랑도 그냥 가볍게 밥 한번 먹었는데 스캔들이 나고 다른 사람들과도 계속 스캔들이 나서요. 제가 초영씨랑 연락을 하면 연예인이신데 피해를 볼까봐서요."

"아… 저는 괜찮은데…."

응? 왜 얼굴을 붉히고 그래? 근데 가까이서 보니까 더 예쁘네. 이번 여행은 눈요기 거리가 많네.

"뭐 이번에 잘 지내봐요. 좋은 추억도 많이 만들고."

"네."

초영과 지후의 인사가 마무리 되자 다른 여자가 지후에게 인사를 건네고 있었다.

"안녕하세요. 저는 배우인 최희진이라고 해요. 10일 동안 잘 부탁드려요."

"와~ 실물이 진짜 예쁘시네요. 팬입니다. 제가 더 잘 부탁드려요. 누나."

"어머. 누나는 무슨. 그냥 편하게 희진씨라고 해요."

응? 편하게 하려면 그냥 반말을 하라고 해야지. 희진씨라고 부르는 게 편하겠어?

와 근데 이 누나도 진짜 예쁘네. 괜히 인기 있는 배우가 아니야.

PD가 내 말대로 예쁜 사람들을 제대로 섭외했네.

"안녕하세요. 배우인 장준성입니다."

뭐야 이 느끼하게 생긴 놈은? 기운이 뭔가 거슬리는데? 이건 혈향인데?

"네. 안녕하세요."

"헌터계의 최강자를 만나게 돼서 정말 영광입니다. 저도 배우활동을 쉴 때는 헌터생활을 하거든요."

그래서 혈향이 나는 건가?

"그래요?"

"네. 최근에 섭외를 받고 이지후 헌터님이 나오신다고 하셔서 한동안 사냥만 했습니다."

"아."

그래서 어쩌라고? 남자랑 대화하는 취미는 없는데.

"제가 B급 근접딜러입니다. 촬영하다가 시간 되실 때 지도를 좀 부탁드려도 될까요?"

"제가 뭐 누굴 지도 할 만큼 실력이 대단하지는 않은데."

"지후씨가 대단하지 않으면 이 세상 헌터는 다 죽어야죠. 너무 겸손하시네요."

겸손이 아니라. 내가 너랑 그럴 시간이 없어요. 저기 보이는 꽃들이랑 놀아야 하거든.

그리고 너한테서 좋지 않은 기분이 느껴져. 나정도 되는 사람이 기분이 나쁘면 그건 네가 그다지 좋은 인간은 아니라는 소리거든. 너를 가까이 해서 좋을 게 없지.

"이야 지후씨랑 준호씨랑 그렇게 나란히 서 계시니까

그림이 장난 아닌데요? 이번에 시청자들 눈 호강 제대로 하겠습니다. 하하하. 이제 출연진분들하고는 인사를 다 하신 것 같고 저희 스텝들이랑 인사를 하시죠."

이PD는 지후에게 스텝들을 소개시켜 줬고 마지막으로 지후에게 두 명의 작가를 소개시켜줬다.

"여기 두 작가님이 저희 방송국 최고의 미녀작가님들이신데 이번에 지후씨에게만 전담으로 붙기로 했습니다. 아무래도 같이 활동할 시간이 많으시니 친하게 지내주세요."

"안녕하세요. 지후씨와 인터뷰 형식으로 토크부분을 담당하게 될 신지나 작가입니다."

뭐야. 꽃들은 어디가고 갑자기 고블린이 등장하는 거야.

미녀 작가라며? 너네 방송국은 무슨 몬스터 랜드야? 고블린 던전이야? 저게 어떻게 미녀 작가야.

"반갑습니다. 저도 이번에 지후씨를 위해서 특별히 헌터의 법칙에 참가하게 된 김희경 작가입니다."

아니 무슨 얼굴을 난도질을 했나? 성형을 하고 이정도면 하기 전엔 대체 어땠다는 거지?

이 둘이 방송국 최고 미녀 작가라고? 그래… 못생긴 애들 중에서 예쁘다고 치자….

"두 분이 친구신가 보네요? 친해보이시는데."

"네. 방송국에서는 저희 둘이 가장 친해요."

그래… 끼리끼리 노는 거지. 고블린 친구가 고블린 인거지.

아 시력은 쓸데없이 좋아가지고. 저것들 너무 선명하게 보여. 안구정화가 시급해.

지후는 인사를 마치고 지수와 나란히 서있었다.

지수의 표정은 영 불편했다.

미모의 세 여자를 보니 지후의 스캔들을 막기 위해 부단히 애를 써야 할 것 같은 예감이 강하게 들었기 때문이다.

"야 저기 장준성이라는 사람 알아?"

"응. 자세히는 모르는데 알기야 알지. 뭐 좀 소문이 꺼림칙 하달까?"

"소문이 어떤데?"

"소문엔 살짝 미친놈? 뭐 그래. 원래 연예계에 미친 사람들 많다고 하잖아. 배우들 중에 작품에서 헤어 나오지 못하고 사고를 치는 경우도 많으니까."

"쟤는 그냥 돌 아이? 미친놈? 그런 것 같은데."

"뭐 나도 잘은 모르는데 소속사가 워낙 빵빵하니까 여자관계가 안 좋다고는 하는데 기사화 된 건 거의 없어. 그리고 집안이 엄청 좋대. 부모님이 IT기업을 하시는데 중국에서 제법 잘나간다고 하더라고. 이번에도 중국에서 엄청 스케일 큰 영화 주인공으로 촬영했다던데. 뭐 중국에서 마약을 했다느니 그런 소문도 있었는데 소문일 뿐이라서 나도 잘은 몰라."

'아무래도 찝찝해. B급 헌터의 몸에서 저렇게 짙은 혈향이 날 수가 없거든. 눈빛도 탁하고.'

"일단 지수 너는 저 사람이랑 가까이 하지 마. 근처에도 가지 말고."

"알았어. 근데 왜?"

"그냥 그러라고 그러면 그렇게 해. 하늘같은 오라비 말에 토 달지 말고. 느낌이 안 좋아."

"하늘같은 오라비는 무슨. 아무튼 알겠어. 나도 저 사람 별로 안 좋아해서 가까이 할 생각은 없었어."

'어디로 튈지 모르는 오빠 감시하기도 바쁜데 거기다가 오빠의 연애관을 생각하면 여기서도 무슨 일을 벌일지 모르는데 내가 오빠 옆을 어떻게 떠나. 화장실 갈 때도 따라가야 할 판에.'

19. 헌터의 법칙

19. 헌터의 법칙

"자 출연자 여러분. 소지품 검사를 실시하겠습니다. 모두 가지고 오신 짐 중에서 속옷과 일상생활에서 입을 옷 2벌, 그리고 수영복만 챙기시고 나머지는 반납해 주세요. 몰래 가지고 오신 식량 같은 게 나중에 발각 되시면 저희와 여러분, 시청자가 모두 불편해 집니다. 저희 프로그램이 어떤 프로그램인지는 다 아시죠? 헌터들과 연예인분들이 이 오지에서 자급자족해서 생활하는 프로입니다. 동물들을 사냥하실 때 필요한 무기는 하나씩 챙기셔도 됩니다. 무기가 아니라면 필요한 물품을 챙기셔도 되고요. 주변에 몬스터나 던전은 없으니 걱정하지 않으셔도 됩니다."

출연자들은 다들 짐을 내려놓았고 스텝들에게 가져온

짐들을 검사받고 있었다.

"지후씨는 왜 아무것도 없습니까?"

"저는 그냥 몸만 왔는데요."

"네? 그럼 가지고 오신 짐이 없으십니까?"

"여기 아공간에 있죠."

지후는 차고 있는 팔찌를 PD에게 보여주고 있었다.

"아…."

"필요한 거 하나는 챙기셔도 된다면서요? 저는 이거로 할게요."

"안 됩니다. 그렇게 하면 형평성에 어긋납니다. 아공간에 있는 물건을 모두 꺼내주세요. 거기서 하나만 선택하시면 됩니다."

이미 촬영 왔는데 어쩔 거야? 나는 출연한 것 자체가 최대한 협조하는 거야.

"그건 좀 곤란한데요. 제 아공간에 뭐가 있는지 아십니까? 몬스터의 사체나 마정석, 아이템들, 그리고 일본의 모든 것. 들어있는 것들의 가치가 나도 몇 경인지 잘 모르겠는데. 제가 아공간에 있는 것들을 풀어 놓을 수는 있는데 잘 보관하실 수 있겠어요?"

"그… 그게…."

"세상에 제일 안전한 곳이 제 아공간이죠. 그리고 어떤 것들은 하나하나의 가치가 방송국을 팔아도 감당이 안 되는 것들인데. 혹시 분실 시 책임을 지신다면 제가 아공간에 있는 것들을 꺼내놓겠습니다."

PD는 사색이 되어 지후를 말렸다.

"아, 아닙니다. 그냥 지후씨가 가지고 계시죠."

어차피 이거 귀속 아이템이라 못 빼.

"그런데 프로그램 취지가 자급자족이라서… 웬만하면 아공간에 있는 것 들 중에… 음식이라거나…."

"저만 먹을게요. 저만. 다른 분들은 자급자족하시면 되 잖아요. 제가 배가 고프면 막 예민해져서 주먹을 휘두르거 든요."

지후의 얘기에 PD는 사색이 되었다.

몬스터를 한방에 때려잡는 주먹을 휘두른다니 상상만으 로도 아찔했다.

"그럼 최대한 안 보이는 곳에서…."

"알겠어요. PD님 파이팅!"

지후는 웃으며 PD에게 파이팅을 외쳤고 PD는 어색한 몸짓으로 호응했다.

출연진과 스텝들은 간단한 짐을 챙기고는 베이스캠프로 차를 타고 이동했다.

"오빠. 바다 봐봐. 완전 예뻐."

'바다야 다 거기서 거기지. 바다보단 저기 있는 여자들 이 예쁘지.'

물론 이 말을 입 밖으로 뱉지는 않았다.

"그러게. 예쁘네…."

"뭐야 그 떨떠름한 반응은? 하여간 감정이 메말라가지고."

"아이고 소녀감성이라 좋으시겠어요. 그래서 몸매도 그렇게 소녀신가보네요?"

"내 몸매가 어디가 어때서?"

"그냥 그렇다고…."

보는 사람도 많은데 차마 동생 몸매 지적은 할 수 없잖니.

"자 여기가 저희 베이스캠프입니다. 뭐 다른 편에서도 보셨겠지만 직접 생활할 곳을 만드시고 수렵 채취하셔서 생활하시면 됩니다."

황량한 모래사장… 그리고 뒤에 보이는 정글…. 지후는 보는 것만으로도 짜증이 났다.

이 프로그램을 딱히 본 적이 없었기에 설마 진짜로 아무것도 없는 곳에 던져 놓을 진 몰랐기 때문이다.

"다들 너무 걱정하지 마. 내가 이 생활 몇 년간 해서 잘 아니까."

"네 족장님."

"그럼 일단 짐들 내려놓고 진이랑 수한이랑 준성씨는 먹을 것 좀 구해와. 나랑 지후씨랑 여성분들은 오늘 잠 잘 집을 지을게."

다들 빠르게 움직였고 지후는 그저 멀뚱히 쳐다 보고 있었다.

지후는 그저 팔짱을 끼고 바라보고 있었지만 누구도 뭐라고 하지 않았다.

족장인 영만도 지후가 아무리 편하게 하라고 했지만 편하게 대하긴 너무 먼 사람이 지후였기 때문이다.

여성 팀은 나뭇잎들을 엮어서 바닥에 깔거나 이불로 사용할 만한 것들을 찾아서 만들고 있었는데 지후가 가만히 있는 것을 보자 지수는 열이 받아서 달려왔다.

안 그래도 날도 더워서 힘든데 가장 힘이 좋은 인간이 놀고 있었기 때문이다.

저런 식으로 촬영에 임한다면 이미지 세탁이고 뭐고 오히려 이미지만 더 안 좋아 질 것 같았다.

"오빠 뭐라도 좀 해. 사람들 다 일하는 데 혼자 가만히 서서 뭐하는 거야!"

"알았어. 할 테니까 자꾸 따라다니면서 잔소리 좀 하지 마."

"그럼 잔소리 좀 하게 하질 마."

지후는 투덜거리며 영만이 나무를 하고 있는 정글 쪽으로 향했다.

"형 이거 나무 잘라서 옮기면 돼요?"

"응. 일단은 그래야지."

지후는 아공간에서 검을 하나 꺼내들었다.

별로 뛰어난 능력이 있지는 않은 그냥 C급의 장검이었다.

"형 제 뒤로 오세요."

지후는 영만을 자신의 뒤에 서게 한 뒤에 나무를 베기 시작했다.

중장비가 동원된 벌목 현장이라고 해도 믿을 정도로 지후는 빠르게 나무들을 쓰러트려 갔다.

"지… 지후야! 그만 해도 될 것 같아! 우리 그렇게 많이 필요는 없어."

"집 지을 거라면서요?"

"그렇지."

"이왕 짓는 김에 제가 아주 제대로 지어 드릴게요."

"어… 그래…."

영만은 그저 당황스러울 뿐이었다.

이 프로에 출연한지 몇 년이 지났기에 집짓는 게 그렇게 쉬운 일이 아니라는 것을 알고 있었기 때문이다. 처음 영만도 이 프로그램에 나왔을 때는 다 자신의 뜻대로 될 수 있을 거라고 가볍게 생각했지만 이 프로그램은 그런 호락호락한 프로그램이 아니었다.

지후는 허공섭물을 이용해 쓰러진 나무들을 베이스캠프로 쓰기로 한 장소로 던지기 시작했다.

쾅쾅쾅쾅!

계속 된 엄청난 소리에 다들 긴장을 했지만 지후가 하는 일이기에 다들 멀뚱히 바라볼 뿐이었다.

지후는 가지를 치기 시작했고 가지치기가 끝나자 본격적

으로 집짓기 공사에 착수했다. 나무들은 지후의 검이 스치고 지나갈 때마다 목공소에서 나온 듯 반듯하게 잘리고 있었다.

지후는 몰랐지만 이 방송이 나간 뒤에 지후의 칼질이 예사롭지 않다며 혹시 카케무샤가 이지후 본인이 아니었냐는 유언비어가 돌았다.

반듯하게 잘린 나무들을 허공섭물을 이용해 가지런히 세웠다. 그 크기가 30평 정도는 되어 보였다.

지후는 직사각형 모양의 집을 반으로 갈라서 그곳에도 나무들을 세웠고 남자 방과 여자 방이 완벽하게 나누어지게 되었다.

그 후 지후는 기다란 나무들을 지붕위에 올리기 시작했고 누가 봐도 그럴듯한 집이 만들어 지게 되었다.

영만은 그 모습을 보고 그저 어이가 없을 뿐이었다.

그동안 자신이 뭘 한 건지 모르겠다는 생각만 들 뿐이었다.

"자 이제 대충 끝난 것 같은데. 저 좀 쉬어도 되죠?"

지후는 그렇게 말하더니 남은 나무들을 이용해서 자신의 테라스 의자를 만들고 있었다.

사냥을 나갔던 팀은 돌아와서 집을 보고는 할 말을 잃었다.

누가 오지에 통나무 펜션을 지어놨기 때문이다.

"와 집 진짜 대박이네요."

"족장님은 몇 년간 이런 집 한번을 못 지으셨는데."

영만은 풀이 죽어 고개를 숙일 뿐이었다.

문제라면 사냥 팀이 해온 사냥이 문제였다.

손바닥 만 한 생선이 전부였다.

그래서 오늘은 굶었다.

물론 지후는 화장실을 간다고 하고는 몰래 배부르게 과자를 먹었다.

"오빠! 오빠는 배 안고파?"

"일찍 잠이나 자라."

지후는 지수에게 전음을 보냈다.

[난 아까 아공간에 있는 과자 먹었지롱.]

"오빠!"

[왜 소리를 지르고 그래. 너 정신병자 취급당한다.]

지후는 지수를 놀린 뒤에 자리를 떴다.

PD가 잠자리에 들기 전에 인터뷰를 진행하자고 했었기 때문이다.

"이제 인터뷰를 시작할게요. 인터뷰는 시청자들이 지후씨에게 보내주신 질문들을 랜덤으로 뽑아서 하는 거니 오해는 없으시기 바랍니다."

지후의 앞에는 신지나 작가와 김희경 작가가 있었다.

'그래. 제발 빨리 하고 끝내자. 차라리 진짜 고블린을 보고 있는 게 더 마음이 편하겠다.'

"지후씨는 여자 친구가 있나요?"

궁금해 하지 마.

"없습니다."

"이상형이 어떻게 되세요?"

아무렴 너겠냐?

"예쁜 여자요."

"지후씨는 정말 솔직하시네요. 그럼 저 같은 스타일은 어떠세요? 나름 제가 SBC 작가들 중에서는 미녀라고 불리는데."

"제가…. 참 솔직해요… 돌려 말하는 걸 못하는데… 이 질문은 패스하죠?"

"호호호. 유머감각까지 있으시네요. 그래도 그렇게 말하시면 제가 이상하게 비치지 않겠어요? 지금 제가 여기에 오느라 제대로 꾸미질 못해서 그렇지. 주말에 강남에 꾸미고 나가면 난리도 아니에요."

그게 방송에서 할 소리야? 요즘 내 주변에 정상이 없지?

"강남이요?"

"네."

'강남은 무슨 죄를 지어서 저런 것들이 돌아다니는 거지? 헌터들은 뭐하는 거야? 사냥안하고.'

"혹시 헌터들이 사냥 안합니까?"

"아~ 남자들이 헌팅을 많이 걸죠. 그래도 저는 그런 건 별로 여서요."

"그래요… 잘 생각했어요."

어떤 정신 나간 놈이 헌팅을… 정말 세상이 어떻게 되려고….

"지후씨는 어떤 음식을 좋아하세요?"

"예쁜 여자. 랑 먹는 음식이요."

"호호호! 그럼 언제 저랑 같이 식사 한번해요."

어이 PD양반 이거 방송에 나갈 수 있는 거야? 저런 미친 공주병 말기 고블린을 왜!

저 두 사람을 월슨네 누나랑 소개시켜주면 그림 기가 막히겠네.

아 상상했어! 월슨네 누나의 양 옆에 있는 저 두 사람! 오늘 가위눌리는 거 아니야?

이미 해서는 안 될 상상을 하고만 지후는 더 이상 인터뷰를 진행할 수가 없었다.

더 진행하면 직접 사냥을 나설 것 같은 충동이 들었기 때문이다.

"저 피곤해서 그런데 오늘은 인터뷰 여기까지만 하죠."

다음 날 모두 일어남과 동시에 배고픔을 토로하며 사냥에 나섰다.

"오빠… 나 너무 배고파서 기운이 없어…."

동생아… 어쩌라고? 오빠도 아공간에 먹을 게 넉넉하지는 않다.

다 돈이나 아이템들이지.

오빠도 열흘정도 먹을 것밖에 없어.

"그럼 사냥을 해."

"누가 하기 싫어서 안하나? 보이는 게 없잖아."

에이씨… 동생을 계속 굶길 수도 없고….

지후는 기감을 펼쳐 생명체의 반응을 찾기 시작했다.

그리고 지후는 생각보다 정글에서 많은 생명체의 기운을 느낄 수 있었다.

"지수야. 베이스캠프로 가서 요리 준비해라."

"나 요리 못하는데?"

"준비만 하라고. 요리야 다른 사람들이 알아서 하겠지. 사냥해서 갈 테니까 요리는 사람들 시켜."

"알았어!"

지후는 기감에 잡히는 동물들을 사냥하기 시작했고 삼시 세끼 20일은 먹어도 될 정도의 동물들을 사냥해서 베이스 캠프로 돌아갔다.

그 모습을 본 PD는 경악을 했다.

'이래서 이지후를 예능 브레이커라고 하는 건가…. 여기 선 아닐 줄 알았는데…. 집도 지어 버리고… 사냥도 다 해 버리고…. 이제 대체 뭘 찍어야 하지…?'

지후가 사냥 해온 동물들을 족장은 제대로 조리했고 다들 배불리 먹었다.

다만 먹을 땐 몰랐지만 산처럼 쌓여있는 동물들을 보며 다들 분량은 대체 뭐로 뽑나 막막함이 들기 시작했다.

"오늘은 일단 마음 편하게 놀아보죠? 수영 어때요?"

영만 족장의 말에 다들 좋다는 듯이 고개를 끄덕였고 수영복으로 갈아입은 뒤에 밖으로 나왔다.

지후의 몸매를 보자 여성 스텝과 여성 출연자들은 침을 삼켰다.

시청률 올라가는 소리가 들리는 것 같자 PD는 어느새 분량걱정을 잊고 있었다.

그냥 저 앵글만 계속 방송해도 되지 않을까 생각이 들었다.

지후는 비키니를 입고 나타난 출연자를 보며 어제 있었던 짜증이 사라지고 있었다.

정말 예뻐도 너무 예뻤다.

'이래서 연예인 연예인 하나보네. 그래봐야 애들이지만. 애들이라도 예쁜 건 예쁜 거니까.'

지후가 한참 여자 출연자들을 선그라스로 가린 눈으로 관찰하고 있을 때 비키니를 입은 지수가 지후의 곁으로 다가왔다.

"오빠 나 어때? 괜찮아?"

"아니…."

"왜!"

"저기 세 사람을 봐."

"별 차이도 없잖아… 나도 몸매 좋아…."

"넌 그냥 마른 거야. 가슴이… 다르잖아."

"내 가슴이 어때서!"

동생아… 오빠한테 가슴 내밀지 마라.

"넌 운동한 남자 갑빠같아."

"야 이 개새끼야!"

◆

이틀 정도를 하는 일 없이 그냥 섬을 관찰하며 보냈다.

그동안은 충분히 분량을 뽑을 수 있었던 집짓기와 사냥 부분이 지후로 인해서 망쳤기에 마땅한 대안이 없었다.

그저 경치를 보여주고 수영을 하는 모습을 담는 것밖에 PD가 할 수 있는 건 없었다.

지후만이 마음 편하게 이 상황을 즐기고 있었다.

갈수록 PD의 표정이 어두워졌기에 지수는 좌불안석이 었고 출연자들도 즐기는 게 즐기는 것이 아니었다.

지후는 태연하게 여성 출연진들과 산책도 하고 수영도 하면서 파라다이스 생활을 즐기는 듯이 보였고 PD는 정말 이걸 방송으로 내보내도 되나 싶었다.

자급자족과 극한생존은 어디가고 이지후와 떠나는 휴가 가 되어버린 프로그램이었다.

물론 지후도 마냥 즐겁진 않았다.

여전히 섬에는 고블린 두 마리가 서식하고 있었고 그 고 블린들은 자꾸 지후에게 추파를 던졌다.

여성출연진들은 예쁘니까 즐거운 마음으로 추파를 받아들일 수 있었지만 자꾸 그 즐거운 마음을 뭉개버리는 고블린들로 인해서 지후는 점점 짜증이 밀려오고 있었다.

3일이 더 흐르자 촬영장의 분위기는 막장으로 흐르고 있었다.

다들 제대로 일을 하지 않고 휴가를 온 듯한 분위기랄까?

PD도 마음을 비우고 그냥 지후가 휴가를 즐기는 모습을 찍고 있었다.

지후는 파도소리를 자장가 삼아 해변에서 여유롭게 낮잠을 즐기고 있었고 지후의 주변에는 여성들이 태닝을 즐기고 있었다.

즐기지 못하는 것은 PD와 지수뿐이었다.

지수도 이제 분량 걱정은 포기하고 혹시나 지후와 여자출연자들 간에 사고가 있지 않을까 그것만은 감시하며 방해하고 있었다.

지수가 아니라면 사고가 여러 번 있을 수도 있을 뻔한 핑크빛 기운이 섬에 가득했다.

"야 너도 가서 수영이라도 해. 계속 내 옆에만 그렇게 있지 말고."

지수는 지후의 갑빠소리에 상처를 받아 비키니를 입더라도 꼭 티를 걸치고 있었다.

"됐거든. 나 없을 때 무슨 짓을 하려고."

"너 무슨 오빠 콤플렉스 있냐?"

"그런 거 없거든. 피해자가 생기지 않게 예방하는 것뿐이거든."

"뭘 그렇게 나한테 집착해. 그리고 피해자라니! 누가 보면 네가 보호감찰관이고 내가 범죄잔 줄 알겠네."

"오빠도 오빠를 알면서 그렇게 말해? 왜 섬에서 엄마 아빠 할머니 할아버지로 만들어 드리려고?"

'그건 오빠가 다 조절할 수 있어! 색공도 익혀서 손주는 오빠가 정할 수 있어!'

그저 아쉬운 지후의 마음속 외침이었다.

고지가 코앞인데 점령을 하지 못하고 계속 맴돌기만 하니 속이 타들어가는 지후와 빨리 점령군이 깃발을 꼽기를 바라는 여성들이었다.

촬영이 한가해지고 분위기가 루즈해지니 여기저기 핑크빛이 묻어나왔다.

어느새 촬영은 드론을 오토모드로 돌려놓는 것으로 대체됐고 스텝들은 여기저기 즐기는 사람들이 늘어났다.

많은 스텝들이 통가에서 실수를 저지르는 나날이었다.

여기저기에서 핑크빛이 묻어나왔지만 그 혜택을 누리지 못하는 사람들도 있었다.

이미 결혼을 한 사람들은 낚시를 하거나 그러면서 제대로 휴가를 즐겼지만 두 고블린은 솔로임에도 핑크한 분위기를 느끼지 못했다.

인기 작가이기에 사람들이 띄워 준거지. 두 고블린이 못생겼다는 사실은 모두가 아는 사실이었고 그런 두 고블린에게는 핑크빛 기류가 생성되지 않았다.

"지후씨 저는 사람들을 이해를 못하겠어요. 일을 하로 왔으면 일을 해야지. 다들 일은 안하고. 동물의 왕국도 아니고 다들 짝만 찾고 있네요."

'그래 동물들도 다 짝이 있는데… 난 뭐하고 있는 거냐… 옆에 고블린이나 데리고… 이지수 이년은 대체 어딜 간 거야.'

고블린1인 신지나 작가가 지후의 옆에서 캔맥주를 마시며 말하고 있었고 지후는 오늘도 왔구나 싶어서 짜증이 밀려왔다.

어느새 고블린2인 김희경 작가마저 합류했고 지후는 양옆에 고블린을 데리고 앉아 있었다.

"난 연애 못하는 사람들 이해가 안가요. 그리고 일을 하로 왔으면 일을 해야지. 분위기에 취해서 어떻게 해보겠다고 저러는 것도 정말 꼴불견이에요."

'아마 넌 평생 이해 못 할 거야. 누가 너희랑 연애를 할까? 하긴 고블린 끼리도 맺어질 수는 있겠지.'

하…….

그렇게 또 하루는 갔고 다음 날이 왔다.

다음 날 모닝콜은 지후의 입에서 터져 나왔다.

"으아아악!"

"무슨 일이야!"

"대체 왜 그래!"

"오빠 왜! 무슨 일이야! 갑자기 왜 소리를 질러."

"하아 하아… 꿈이구나…."

"꿈? 왜 악몽이라도 꿨어?"

"응."

"대체 무슨 꿈을 꿨길래?"

"통장에…. 천억밖에 없는 꿈을 꿨어."

다들 어이없는 표정으로 지후를 바라보고 있었고 지수 또한 싸늘한 눈빛으로 지후를 흘겨보고 있었다.

'헐….'

'미친….'

"그래도 천억이면 엄청난 거 아닌가요?"

"그걸 누구 코에 붙여."

그것밖에 없으면 노가다 해서 채워 넣어야 해.

없을 땐 몰랐는데 꿈에서 있다가 없어지니까 기분이 더 럽더라고.

나도 욕심이란 게 생기나봐.

"오빠…. 오빠가 직접 번 것보단… 뺏은 게 대부분 아니야?"

"그것도 다 내가 번거지."

"완전 도둑놈 심보네…."

"그래도 지후씨 만약 그렇게 되도 티끌모아 태산이라고

금방 버실 수 있을 거에요."

억? 조? 경을 넘어선 단원데… 어느 세월에?

"티끌 모아 봐야 티끌이죠."

그렇게 지후의 헤프닝은 끝났고 지후는 아침에 모닝콜을 울려서 아침잠을 설치게 한 대가로 지수에게 끌려가 요리를 했다.

간만에 지후의 환상적인 요리가 펼쳐졌고 다들 너무 맛있다고 환호를 질렀다.

여자 출연자들은 지후가 요리까지 잘 하자 더욱 지후에게 들이대려고 노력을 했지만 지후의 곁은 지수가 지켜냈다.

"야 네가 무슨 대공방어 시스템이냐? 뭘 그렇게 철벽처럼 다 차단하냐? 좀 뚫려주고 그래야지. 다들 핑크빛인데 오빠가 언제까지 솔로로 지내야겠니?"

"오빠가 진지하게 저기 있는 누군가를 만날 생각이 있다면 비켜줄게. 그런데 가볍게 만날 생각이라면 만나지 마. 나름 나랑 같은 직장 동료들이거든! 나까지 소문에 휩싸이게 하지 말고."

난 누구도 진지하게 만날 생각이 없는데… 그냥 욕구가 있을 뿐이지… 저 핏덩이들이랑 뭘 하라고… 잠깐…. 그렇다고 늙은이들이랑은 더 뭘 할 수가 없는데? 진지하게 생각 좀 해봐야겠네.

그 때 지수의 한쪽 엉덩이가 살짝 들리는 모습이 지후의 눈에 포착됐다.

지후가 누군가? 그게 무엇을 뜻하는지 모를 사람인가?
분명 생각하고 있는 그것이다.

"지수야!"

"응? 왜? 갑자기 소리를 지르고 그래!"

"화생방 훈련이다! 가스! 가스! 가스!"

"야 이 미친놈아!"

지수는 아무래도 환경이 좋지 않은 무인도에 있다 보니
일을 보는 것이 가장 힘들었기에 요즘 변비에 시달리고 있
었다.

둘이 있었기에 다행이라면 다행이긴 했지만 지후가 큰
소리로 자신을 약 올리자 누군가 들을까봐 얼굴이 빨개져
화를 내는 지수였다.

"야! 동생한테 그러고 싶냐! 좀 지켜줘야지!"

"난 너 같은 대공방어 시스템이 아니어서 지키질 못해."

◆

"하… 갈증이 점점 심해지고 있어… 동물로만 해결하기
는 이제 힘든데…."

아무도 없는 정글의 한 곳에선 동물에게 단검을 휘두르
며 피범벅이 된 사람이 있었다.

촬영장은 이미 놀자 판으로 변해버렸기에 이 남자의 촬
영장 이탈을 아무도 알지 못했다.

남자는 바다에서 피를 닦아내고는 다시 베이스캠프로 향했다.

그 남자를 보고 지후는 인상을 찡그리고 있었다.

'저 새끼 저거 피 냄샌데? 눈빛도 처음보다 많이 탁해졌고. 뭔가 있나본데. 특히 허리에 차고 있는 저 단검에서 짙은 혈향이 느껴지는데…. 에휴… 그냥 신경을 끄자. 괜히 귀찮아 지기만 하지.'

물론 신경을 쓸래야 신경을 쓸 수가 없었다.

오늘도 두 마리의 고블린은 지후에게 다가오고 있었고 지후는 자리를 피하기 위해 바다로 향하고 있었다.

'오늘은 바다 속에서 안 나온다.'

하루 종일 바다 속에 있기를 다짐하며 발걸음을 옮기는 지후는 너무나 민첩했던 고블린 두 마리에게 잡히고 말았다.

"어머 지후씨. 어디가세요?"

너희 피해서 도망가잖아.

"그냥 수영 좀 하려고요."

"그럼 저희도 수영 좀 알려주세요!"

너흰 물에 들어가서 화장 지워지면 안 돼! 그럼 내가 물에서 놀라서 너희 때릴지도 몰라.

"제가 누구를 가르치는 재주가 없어서요. 저 말고 영만이 형이나 다른 사람에게 부탁을 해 보시는게."

"에이 그러지 말고 수영 좀 알려주세요."

"맞아요. 우리는 다른 사람보다 지후씨한테 배우고 싶어요."

그렇게 말하며 두 고블린은 지후의 왼팔과 오른팔에 팔짱을 꼈고 그 순간 지후의 이성은 날아갔다.

"아 놔 진짜! 이것들이 돌았나! 야 이 고블린 원투야! 진짜 살다 살다 너네같이 못생긴 것들은 처음 본다!"

고블린1,2는 황당하다는 눈빛으로 지후를 바라보고 있고 지후의 큰 소리에 주변에서 휴식을 즐기던 출연진들과 스텝들의 시선이 집중됐다.

"네?"

"지금 뭐라고 하신 거예요?"

"귓구멍이 막혔어? 이 고블린들아. 어디서 몬스터들이 인간들 틈에 끼어서 생활을 해! 그리고 거기 김희경! 성형을 해도 그 모양이면 마스크라도 좀 쓰고 다녀! 대체 원판이 어땠던 거야! 뭐? 강남에서 헌팅? 너네 그러다가 진짜 사냥 당해. 내가 밤에 너희 만났으면 바로 모가지 쳤어! 강남에 나가지 마! 내가 강남 살았는데 너희가 돌아다닐 곳이 아니야! 아니 아무대로 돌아다니지 마! 어디도 몬스터들이 설 곳은 없어! 어디 강남이야! 앞으로는 강남 소리 꺼내지도 마. 구로공구상가가 어울려! 거기서 망치질이나 해!"

"오빠!"

지수는 아차 싶었다. 그동안 세 여자 연예인들만 경계하느라 잊고 있었는데 지후가 못생긴 여자를 얼마나 병적으로 싫어하는지 이제야 생각이 났던 것이다.

"오빠 그만해! 빨리 사과드려!"

"사과는 얼어 죽을 사과야! 어디 인간 세상에 몬스터들이 설쳐!"

지수는 지금의 오빠와는 대화가 안 통한다는 생각에 지후를 끌고 자리를 옮겼다.

핑크빛이고 뭐고 촬영장의 분위기는 어느새 남극보다 차가운 바람이 불고 있었다.

촬영은 7일째에 접어들었고 분위기는 마치 살얼음판을 걷는 분위기였다.

일부 스텝들은 그동안 거들먹거리던 두 작가가 지후에게 크게 데이자 고소해 했지만 티를 낼 수는 없었다.

"오빠 때문에 이게 뭐야! 지금 이 분위기 어쩔 거야?"

"그걸 왜 나한테 물어! 이게 내 탓이냐?"

"그럼 오빠 탓이지! 누구 탓이야!"

"못생긴 몬스터들 탓이지. 나도 많이 참았어. 그걸 몰라주는 네가 정말 섭섭하다."

"알지… 많이 참은 거… 참는 김에 조금만 더 참지 그랬어…."

"갑자기 내 팔짱을 끼니까… 이성이 날아갔어. 그래도 주먹이 날아가는 건 참았어…."

'참… 잘하셨어요….'

아침을 준비하려고 하고 있을 때 스텝들은 갑자기 분주해 지고 있었다.

"모두 큰일 났습니다! 지금 30km 정도 떨어져 있는 섬에서 웨이브가 터졌습니다. 모두 짐을 챙기시고 피하실 준비를 해주세요! 빨리요 서두르세요!"

촬영장은 순식간에 아수라장으로 변했고 아무렇지 않은 건 지후와 지수뿐이었다.

지후야 몬스터에 대한 걱정은 원래 없었고 지수야 든든한 오빠가 있으니 걱정이 없었다.

오히려 자신의 오빠가 있는데 허둥대는 스텝들을 이해할 수 없는 지수였다.

"저 그런데 PD님. 다른 섬에 있는데 우리가 이렇게 피난을 해야 하나요?"

지후의 말에 다들 움직임을 멈췄다.

생각해 보니 이곳은 섬이었고 그 곳도 섬이었다.

헤엄쳐서 오지 않는 한 몬스터가 올 수 있는 곳이 아니었다.

"B급 드레이크입니다."

"드레이크라면…."

"공중몬스터입니다. 그리고 그 곳이 전멸한다면 가장 가까운 곳이 우리가 있는 이 곳이라고 합니다."

"빨리 빨리 움직여!"

"그런데 사방이 뚫려 있는 데 어디로 도망가야 하나요?"

"지금 이 곳으로 헬기를 급파했다고 합니다. 우리는 그걸 타고 공항으로 가서 대한민국으로 돌아갑니다. 촬영은 아무래도 여기까지 인 것 같습니다."

지후는 그저 팔짱을 끼고 이 상황을 지켜보고 있었다.

그리고 이미 늦었다는 사실을 알고 있었다.

기감에 이곳으로 향하고 있는 몬스터들이 잡혔기 때문이다.

끼에에엑!

드레이크의 소리가 헬기를 기다리고 있던 사람들에게 들렸고 사람들은 긴장한 채 숨을 죽이고 있었다.

어느새 하늘엔 검은 점으로 보이는 몬스터들이 이곳을 향해 날아오는 모습이 보였다.

"꿈자리가 안 좋으니까 몬스터가 튀어 나오네. 씨ㅂ… 고블린들 친구라서 데리러 온 건가?"

"오빠. 헛소리 하지 말고 어떻게 할 거야?"

"뭘 어떻게 해. 죽여야지."

"오빠 혼자?"

"원래 혼자 싸웠어. 그리고 저 정도야 식후 운동거리도 안되지."

"근데… 쟤네들은 날아다니잖아."

"나도 날면 되지."

"응? 오빠가 날아?"

"잡담은 그만. 저기 사람들 있는 곳에 가서 같이 있어."

"응. 오빠 다치지 마."

"응."

어느새 드레이크들은 지후가 있는 섬을 향해 날아왔고 지후의 주변에는 황금빛 강기들이 두둥실 떠올라 있었다.

지후는 허공답보를 펼치며 하늘로 떠오르고 있었고 지후를 따라 황금빛 강기들을 날아올랐다.

"이리 오너라!"

지후의 오글거리는 어그로 아이템이 사용되자 드레이크들은 모두 지후를 향해 쏘아져 날아왔다.

그리고 지후의 손이 한번 휘둘러지자 황금빛 강기들은 몬스터들을 향해 금빛의 잔상을 남기며 날아갔다.

쾅! 쾅! 쾅! 쾅! 쾅! 쾅!

엄청난 폭음 소리와 하늘은 핏빛 안개가 생기고 있었고 육편의 비가 섬에 떨어지고 있었다.

"대박…."

"저게 세계 최고의 헌터의 힘인가…."

특히나 영만 족장은 원래 B급 탱커였기에 느낌이 남달랐다.

자신의 눈으로 저 엄청난 힘을 목격하니 몸에 전율이 일었다.

한참 수습을 끝내고 다들 긴장이 풀렸는지 촬영을 이대로 접어야 할지 이어가야 할지 회의가 진행됐다.

그리고 지후가 이제 찍을 만큼 찍었으니 집으로 돌아가자고 했고 지후의 무력을 본 사람들은 반대의견을 내지 못했다.

영상으로 보는 것과 직접 현장에서 보는 것의 차이랄까? 막연하게 세계에서 가장 강한 헌터라고 알고 있던 것과 직접 현장에서 그 강함을 체험하는 것은 달라도 너무 달랐다.

스텝들은 다시 짐을 꾸렸다. 하지만 얼마가지 않아서 스텝들이 지후를 찾아왔다.

"지후씨 큰일 났습니다."

"또 뭐요? 몬스터도 다 때려잡았는데."

"그게 고블… 아니 신작과와 김작가, 그리고 장준성씨가 사라졌습니다."

"네?"

"스텝들한테 물어봤는데 그 아까 짐을 싸기로 했을 때부터 안보였다고 합니다."

"그럼 한 시간도 넘었다는 거네요?"

"네…."

"거 참… 사람들이 동료가 사라졌는데… 자기들만 살겠다고… 휴가 온 것도 아니고 일하러 와서 다들 놀 때부터 알아봤어야 하는데… 다들 풀어져가지고… 아무튼 제가 찾아볼 테니까 다들 헬기 탈 준비나 하라고 하세요."

지후는 기감을 펼쳤고 기감에 약간 떨어진 곳에서 두 사람의 기감이 잡히기에 그 곳으로 경공을 펼쳤다.

"하아 하아 아! 아! 아! 아!"

뭐야… 이 상황에 누가 섹스를….

지후는 신음소리가 들리는 곳으로 향했고 그곳에 도착하자 욕 짓거리가 나왔다.

"미친 새끼…."

고블린1인 신지나 작가는 온몸에 난도질을 당한 채 죽어있었고 고블린2는 한참 장준성에게 강간을 당하고 있었다.

"멈춰. 지금 이 상황에 무슨 미친 짓이야."

"좋은 게 좋은 거 아니겠어? 어차피 이 년한테도 좋은 거 아닌가? 언제 나 같은 남자랑 몸을 섞을 수 있겠어."

"무슨 말도 안 되는 소리야. 이 미친 새끼야."

나도 미친놈이란 말은 자주 듣지만 저 새끼는 진짜 싸이코잖아.

"피가 부족했거든. 주기적으로 인간의 피를 마셔주지 않으면 갈증이 나서 말이야. 죽을 것 같거든."

"지후씨… 살려주세요…."

상대가 고블린이라는 게 그나마 다행인가?

근데 고블린1의 상처는 저 단검이군…. 처음 봤을 때부터 찝찝했지만… 가만! 설마 뉴스에 나오던 연쇄살인마가 저 자식이었나?

"설마 네가 뉴스에 나오던 연쇄살인마였나?"

"하하하. 뭐 너만 입을 다물어 준다면 앞으로도 아무도 모르겠지만."

"내가 입을 다물어 줄 것 같아?"

"싫다면 죽어야지! 하압!"

장준성은 기합소리를 지르며 단검을 역수로 쥔 채로 지후에게 쇄도했다.

지후는 준성의 공격을 가볍게 피했지만 약간 놀라고 있었다.

'이건 B급의 움직임이 아닌데? 느껴지는 마력도 A급은 되는 것 같은데. 그런데 기운이 심상치가 않아. 인위적으로 잠력을 폭발시킨 건가? 그래서 저 녀석이 피의 갈증을 느낀 건가? 살인도 저지르는 거고? 근데 무슨 수로 잠력을 폭발시킨 거지? 그런 걸 알만한 헌터가 없을 텐데.'

"대체 무슨 짓을 한 거지? 넌 이정도의 기운을 가진 헌터가 아니었는데?"

"왜? 너도 나한테 죽을까봐 두렵나? 세계에서 가장 강한 헌터가 겨우겨우 피하면서 빌빌거릴 줄이야. 정말 이래서 이 약을 못 끊겠다니까."

"약?"

너 따위가 두렵겠냐? 그런데 지능도 낮아지는 것 같은데?

원래 멍청한 놈이었나? 아니면 환각인가?

자신이 가장 강하다고 착각이라도 드나?

"하하하. 죽기 전에 선물이라고 생각하고 알려주지. 혈환이라고 중국에서 요즘 유행하는 헌터전용 마약이지. 먹으면 한 등급 위의 힘을 사용할 수 있지. 뭐 부작용이라면 자꾸 피를 찾게 되는 건데. 난 그래서 더 좋거든. 이 카타르시스가 너무 좋아! 싱싱한 피도 좋고 죽이기 전에 듣는 그 비명소리가 날 미치도록 흥분시킨단 말이지!"

"넌 그냥 미친놈이었군…."

'복용자는 모르지만 지능도 낮아지고 착각도 하게 만드는 환각을 일으키는 것 같은데… 젠장… 귀찮은 일에 엮였네. 생각이라는 게 없어 보이는데.'

"이 약을 먹은 나는 무적이야!"

펑!

지후의 권기를 머금은 주먹이 장준성의 배를 때렸고 북치는 소리와 함께 장준성을 자리에 주저앉아 구토를 하고 있었다.

"쯧… 내장이 아마 다 상했을 거다. 고작 약하나 먹었다고 우리가 손을 섞을 정도로 차이가 매워지지는 않지."

지후는 장준성의 토사물을 바라봤지만 소화가 됐는지 혈환이라는 약을 볼 수는 없었다.

"저 김희경씨 어떻게 하실래요? 이 자식 죽여줘요?"

김희경은 넋이 나가 있었고 말을 제대로 하지 못했다.

지후는 김희경에게 다가가 기운을 살짝 보내주어 안정을
시켜주었다.

"어떻게 해줄까?"

"그냥… 그냥… 집에 가고 싶어요…."

"죽여 달라고 할 줄 알았는데… 저 자식 연쇄살인마잖
아. 그새 정이라도 들었어?"

"하지만… 그럼 저도 방조죄로…."

"나야 살려줘도 상관이 없지만 넌 저놈을 감당할 수 있
겠어? 널 죽이겠다고 찾아온다면?"

순간 김희경 작가의 안색은 하얗게 질리다 못해 파래지
고 있었다.

"주, 죽여주세요. 대신 비밀을 지켜주세요… 저도 강간
을 당했다는 꼬리표를 달고 살고 싶지는 않으니까… 다만
제 앞에 다시는 나타나지 말아주세요. 지후씨를 보면 자꾸
생각날 것 같아서…."

'하긴… 말도 많고 소문도 많은 방송계에서 강간을 당했
다는 소문이 나면 힘들긴 하겠지.'

"그럼 저기 신작가는 어떻게 할 건데?"

"모… 몬스터에게 당했다고 하면 되지 않을까요? 웨이브
가 일어났었잖아요."

'이 년 이제 보니까 자기만 살겠다는 거네? 깨끗한 척 하
면서. 정말 소름끼치는 년 놈들이네. 그래서 더 믿을 수 없
지. 지 동료가 죽었는데 자기만 살겠다고 묻어두자니.'

"그래. 네가 그렇게 한다는데. 뭐 나야 입 다물어주지. 단 나한테 피해가 오면 알아서들 하라고."

"네… 절대로 이 일은 어디 가서 말하시면 안 돼요."

"그래…"

근데… 생각해보니까 너희 셋 다 죽어버리는 게 나한테 귀찮지 않고 이익이거든.

굳이 고블린 하나 살려놨다가 귀찮아지긴 싫거든.

"준성아. 아무래도 살기는 힘들 것 같네? 죽어줘야겠어."

지후는 일부로 상체만한 강기를 만들어 장준성을 향해 던져버렸다.

그 어떤 흔적도 찾을 수 없도록.

왜 상체만한 강기를 던졌냐고?

폭음소리에 놀란 사람들이 지후가 있는 곳을 향해 달려왔지만 크레이터만 있을 뿐 그곳에는 아무것도 없었다.

김작가도 신작가의 시체도 장준성도.

지후의 강기에 의해 흔적조차 없이 증발해 버렸다.

베이스캠프로 돌아온 지후와 사람들은 지후에게 사라진 세 사람의 행방을 물었다.

"지후씨. 대체 무슨 일입니까?"

"안타깝게도 제가 갔을 땐 몬스터에게 모두 죽었습니다. 시체라도 확보하려고 했는데 몬스터가 생각보다 저항을 심하게 해서 힘을 과하게 썼네요."

지후는 지수와 전용기를 타고 대한민국으로 돌아올 수밖에 없었다.

대한민국에 도착한 동시에 몰려드는 취재진들을 뒤로하고 지후는 지수와 함께 집으로 향했다.

워낙 바쁘기도 했고 요즘은 집에 들른 적이 없었기에 지수에게 끌려서 집으로 갈 수밖에 없었다.

지후는 집에서 밥을 먹는 게 싫었지만 다행이도 엄마의 요리가 식탁에 오르지 않았다.

지후가 준 돈으로 가정부를 구했는지 기대이상으로 맛있는 요리들이 식탁에 올라와 있었고 밥상에만 앉으면 우중충했던 가족들의 얼굴에 미소가 있는 것을 볼 수 있었다.

다음날 지후는 아침을 먹고는 원래 묵던 호텔로 향했다.

호텔로 향하기 전 대한민국 헌터협회의 박과장에게 전화를 걸어 혈환에 대해 조사를 해보라는 말도 잊지 않았다.

호텔에 도착한 지후는 아직까지도 잠을 자고 있는 윌슨과 아영, 그리고 소영을 마주할 수 있었다.

"하나!"

"정신을."

"둘!"

"차리자."

"하나!"

"정신을."

권왕의
레이드 3

"둘!"

"차리자."

지후의 방에는 남녀 가릴 것 없이 세 사람이 모양이 빠지게 대리석에 머리를 박고 있었다.

대한민국 헌터협회의 협회장이자 S급 헌터였던 아영과 영국의 왕자인 윌슨, 그리고 소영까지.

누가 이 세 사람에게 머리를 박게 할 수가 있겠는가.

일국의 대통령도 불가능한 일을 지후가 하고 있었다.

"아주 내가 없는 동안 살 판 났네? 수련은 안하고 처 놀고만 있었단 말이지?"

"그게 아니고… 오늘만 늦잠을….."

"시끄러워. 어디서 변명이야!"

"그런데… 갑자기 왜 일찍 오신 겁니까? 혹시 또 사고라도…?"

"사고 안쳤거든!"

"저는 억울합니다. 저는 지후씨가 친 사고를 수습하느라 요즘 북한과 외교부의 항의 전화를 상대하느라…."

"누가 상대하래? 내가 무시하라고 했지? 어디서 고개를 쳐들어? 대가리 박아! 실력도 없는 것들이 게으르기 까지 해가지고."

사실 이 셋은 지후가 있을 때보다 열심히 수련했다.

그리고 어제 처음으로 셋은 회식 아닌 회식을 했고 그 결과가 늦잠이었다.

촬영지에 웨이브가 일어나서 예정보다 일찍 귀국한 걸 세 사람은 알지 못했기에 그저 지후의 화가 풀릴 때까지 대가리를 박고 있는 게 세 사람이 할 수 있는 유일한 일이었다.

20. 졸업식

20. 졸업식

　칠흑 같은 어둠속에 의자에 앉아서 다리를 꼬고 있는 사
내와 한쪽 무릎을 꿇고 있는 사내가 대화를 나누고 있었다.

　"아무래도 혈환은 폐기해야 할 것 같습니다."

　"짜증나는 군. 고작 약에 취한 쥐새끼 한 마리 때문에 우
리의 계획에 차질이 생기다니."

　"하지만 지금 추적을 받아선 좋을 게 없습니다. 대한민
국 헌터협회에서 혈환에 대한 조사를 들어갔다는 첩보입니
다."

　"알고 있으니 확실히 폐기하도록. 아직은 그와 재회를
할 때가 아니야. 더 흔들어 놔야지. 그가 미쳐서 광기에 사
로잡히도록. 난 그게 너무 보고 싶어."

"곧 보게 되실 겁니다."

"다른 계획은 차질이 없겠지?"

"예. 중국을 통해 러시아와 대한민국에 조금씩 손을 쓰고 있습니다. 2년 내로 성과가 있을 것 같습니다."

"2년이라… 너무 길군. 1년으로 줄여."

"알겠습니다."

◇

시간은 쏜살같이 지나서 지후는 4학년이 되어선 한 번도 가보지 않은 학교를 가고 있었다.

바로 오늘이 자신의 졸업식이었기 때문이다.

그동안 무슨 일이 있었냐고? 별일 없었다.

다만 이제 대한민국에만 살아야 한다는 생각을 버렸달까?

그건 가족들 또한 마찬가지였다.

지현은 미라클길드로 인해서 갈등 중이었지만 부모님은 지후에 대한 여론이 갈수록 좋지 않은 모습을 보며 적지 않은 충격을 받았는지 대한민국을 떠나야 할 일이 생긴다면 떠날 계획을 가지고 있었다.

지수 또한 연예인 생활에 회의가 오는지 요즘은 안 하던 짓을 하면서 은퇴를 생각한다는 말을 자주 하곤 했다.

그리고 지현은 지후에게 잘 보이려는 세계적인 인사들

이 하객으로 참석한 성대한 결혼식을 올리고 잘 살고 있었다.

그리고 일본과 지후사이에 극적인 협상이 타결되었다.

제 구실을 못하고 망해가던 일본은 모든 정치인과 군 관계자들이 옷을 벗었고 새로 뽑힌 정치인들은 지후에게 빌고 또 빌었다.

그 결과 지후에게 돈을 받을 수 있었다. 물론 마정석이나 아이템은 하나도 주지 않았다.

문화재나 금괴, 타 국가의 국채들도 여전히 지후에게 있었고 지후는 오로지 일본에서 가지고 온 현금만을 일본에 빌려주었다.

일본이라는 나라가 지후에게 빚을 지게 되었고 일본은 지후 개인에게 다달이 빚을 갚으며 경제적인 노예가 되었다.

미국은 일본의 치안을 핑계로 더욱 많은 미군을 일본에 파병했다.

경제력은 지후가 치안과 국방은 미국이 사이좋게 나눠 먹었다.

지후는 허수아비를 찾아가서 박물관을 짓게 하고 그건 선물로 받았다.

그 곳엔 일본에게 빼앗겼던 대한민국의 문화재와 일본에서 빼앗아 온 문화재 같은 것들이 전시되었다.

보안이나 운영도 대한민국 정부에 맡겼다. 하지만 지후는 월급을 주지 않았고 그건 고스란히 대한민국 정부에서 지불했다.

지후의 집도 완공이 되었고 그곳은 주한미군기지보다 더욱 철통같은 보안을 자랑했다.

오마바 대통령은 친절하게도 지후에게 공짜로 대한민국에 도입이 되지 않은 최첨단 장비들과 신무기들로 도배를 해줬고 그 곳은 대공방어 시스템마저 갖추게 되었다.

말 그대로 요새화 된 집이었고 지후의 가족들은 요새 안에 집을 짓고 이사를 왔다.

지후는 평화롭게 세 사람을 훈련시키며 일상을 보냈지만 대한민국은 지후로 인해서 잠깐 경제가 휘청이는 현상을 겪었다.

지후는 요즘 자신에게 좋지 않은 여론으로 인해서 더 이상 대한민국을 신용하지 않았고 혹시 미래는 모른다는 생각에 은행에 예치해둔 예금을 모두 찾아서 아공간에 집어넣었다.

혹시나 자금동결을 당하거나 대한민국을 떠날 일이 생길지도 모른다는 생각에 가장 안전한 자신의 아공간으로 모든 재산을 옮겨 버렸다.

엄청난 예금이 빠져나가자 한동안 경기가 가라앉았지만 지후에게 뭐라고 하는 사람은 없었다.

지후의 아버지는 대한민국에 있는 EASY그룹을 더 이상 성장시키지 않았다.

미국과 영국에 대한민국에 있는 직원들은 아무도 모르게 회사를 차렸다.

그 과정에서 그 어떤 돈도 들지 않았다.

처음은 미국에서만 사업을 할 생각이었지만 윌슨이 졸라서 영국에도 하게 되었고 미국과 영국은 경쟁을 하듯이 모든 것을 자기들이 투자하며 공짜로 EZ그룹을 만들어 주었다.

지후는 EZ그룹을 통해 아공간에 있는 모든 아이템과 마정석, 그리고 사체를 처리했다.

그 덕에 미국과 영국은 엄청난 경제효과를 얻었고 지후에게 선물이라며 미국과 영국은 지후의 가족에게 집을 선물했다.

영국은 런던에 있는 윈저 성을 지후에게 선물하며 더 이상 관광지로 사용하지 않고 첨단 시설을 설치하며 공사에 들어갔다. 사실 성까지 선물을 할 거라는 생각은 하지 못했지만 윌슨을 생각하면 불가능 하지는 않다는 생각이 들었다.

미국은 지후에게 뉴욕, 워싱턴, LA의 비버리힐스에 있는 대저택을 선물했다.

모두 어마어마한 크기의 대저택이었고 미국은 최첨단 시설을 모두 지후에게 선물한 저택에 쏟아 부었다.

지후가 더 이상 대한민국에서만 머물 생각이 없다는 사실을 알게 된 미국과 영국의 발 빠른 지후 모시기였다.

나름 한가하면서도 바쁜 일상이었고 그동안 지후는 화경의 끝자락에 올랐다.

이제는 현경에서 사용하는 기술을 완벽하게 사용하지는 못하지만 흉내를 내는 것엔 부담이 없었다.

문제는 현경에 오르는 것이었고 그 계기가 필요한데 전혀 그런 깨달음은 지후를 찾아오지 않았다.

무림에서는 이성을 잃고 복수심에 날뛰다가 올랐었다. 현경에 오르는 것은 하늘의 뜻이라는 말도 있으니 지후는 더는 조급함을 느끼지 말자며 스스로를 다독이며 생활했다.

지후는 지금 졸업식을 위해 학사모를 쓰고는 가족들과 사진을 찍고 있었다.

학교 측은 지후에게 졸업자 대표로 나서주기를 요청했지만 지후는 단칼에 거절했다.

이미 졸업하는 마당에 무슨 그런 호의를 베풀어 준다는 말인가.

지후는 졸업을 하는 게 학교의 호의라는 생각보단 자신이 이 학교에서 졸업을 해주는 게 호의라고 생각하고 있었다.

지후의 가장 가까운 지인인 세 사람도 참석했다.

그동안 세 사람은 실력이 늘어서 모두 S급 헌터가 되었다.

아직 세상에 공개는 하지 않았지만 모두 지후의 혹독하고도 혹독한 수련을 가장한 갈굼을 견디다 보니 실력은 일취월장했고 한 사람의 몫을 하는 헌터가 되어 있었다.

그리고 아영과 소영의 불꽃 튀는 경쟁은 점점 심해져서 오히려 월슨이 힘들어 했다.

세 사람은 지후와 함께 졸업식 기념사진을 촬영하고 있었다.

하지만 오늘따라 이상하게 월슨이 눈치를 보는 일이 많았고 지후는 의아했다.

지후 못지않게 월슨도 한 성격하는 인간이었기 때문이다.

아니 애는 그냥 좀 덜떨어진 돌아이 과라고 해야 할까?

"월슨."

"네 형님."

"똥마렵냐?"

"아니요."

"그런데 왜 아까부터 안절 부절이야."

"아… 아닙니다."

지후는 주위를 한 바퀴 둘러보았고 월슨이 왜 그런지 대충 짐작이 가고 있었다.

"그러고 보니까 영국에서 혼자 와서 외롭기도 하겠네. 가족도 다 영국에 있고. 여기엔 여자 친구도 없으니 외롭겠어."

"아닙니다. 형님. 외롭지 않습니다."

"형이 다 알아 임마. 형이 일본인 몇 명 소개해줄까?"

"갑자기 무슨 일본인 입니까?"

"형이 소개해 준다고 하는데 그냥 소개받지. 왜 토를 다니. 맞을래?"

"아닙니다. 그리고 저 여자…."

지후는 윌슨의 말을 자르고 말을 이어갔다.

"필요한 준비물은 너의 열정과 오른손, 그리고 휴지뿐이지. 오공주가 오늘 너의 외로움을 달래줄 거다."

지후는 아공간에서 USB 하나를 꺼내서 윌슨의 주머니에 넣어주었다.

"그렇다고 너무 네 손에 익숙해지지는 말고. 넌 손이커서 나중에 자극이 덜할지도 몰라. 뭐든 과하면 별로다."

"오빠! 대체 무슨 말을 하는 거야!"

지수는 촬영을 끝내고 바로 왔는지 풀 메이크업 상태였다.

"어 왔어? 아 윌슨이 외롭대서 일본인 여자 친구 좀 소개해주고 있었어."

"뭐!? 윌슨이 외롭다고 했다고?"

지수는 순간 윌슨에게 도끼눈을 뜨며 째려봤고 윌슨은

살기를 느낀 건지 날도 추운데 땀을 흘리고 있었다.

"형님! 제가 언제 외롭다고 했습니까! 저 여자 친구 있습니다."

"응? 여자 친구가 있다고?"

나도 없는데 네가 있다고?

"네. 저 여자 친구 있습니다."

"훈련하느라 바빴을 텐데 잘도 만나고 다녔네. 내가 너무 설렁설렁 했나….."

"오빠가 막 굴려서 윌슨이 얼마나 힘들어 했는데! 맨날 온 몸에 멍은 가득해서!"

"응? 그걸 네가 어떻게 아냐?"

지후의 말에 지수와 윌슨은 꿀 먹은 벙어리가 되었고 지수는 갑자기 딸꾹질을 하기 시작했다.

주위를 둘러보자 가족들과 아영과 소영은 다 알고 있다는 눈빛이었고 지후는 자신만 모르고 있었다는 사실에 화가 나기 시작했다.

"윌슨 해명해 봐. 1%의 거짓도 용납하지 않는다."

순간 지후의 주변엔 금빛 강기가 떠오르고 있었고 윌슨은 그것을 보고는 기겁했다.

윌슨은 지후가 지현과 수혁의 결혼을 어떻게 허락했는지 들었기에 지후의 주먹을 한 대 견딜 수 있다는 자신감이 들기 전까지는 지후에게 말하지 않을 생각이었다.

지현은 수혁이 결혼을 허락받기 위해 지후에게 맞고

몇 달을 누워있었다고 장난을 쳤고 윌슨은 그걸 믿고 있었던 것이다.

"오빠! 윌슨한테 뭐라고 하지 마! 그래 우리 사겨! 그게 왜! 성인인데 뭐가 문제야!"

누가 문제랬니? 나만 몰랐잖니. 그리고 내가 너를 어떻게 키웠는데… 아 딱히 해준 게 없나?

갑자기 나타난 여동생의 남자친구는 지후의 기분을 어지럽혔다.

"언제부터 만났냐?"

"네 달 정도 됐습니다."

"이거 고양이인 줄 알고 키웠더니 호랑이 새끼였네. 아주 싹수가 노란 새끼였어."

"저 흰 양말 신었습니다."

윌슨은 왕자로 살다보니 정치 쪽에는 밝았지만 일상생활에서의 눈치 같은 건 별로 없는 편이었다.

자신이 말을 하면 누구든 웃고 잘해주기만 하다 보니 일상에서는 눈치가 전혀 없었다.

"윌슨…."

지수는 이 상황에 윌슨이 저런 몹쓸 개그를 하자 체념했다. 아무래도 자신이 윌슨의 개그를 듣고 몇 번 웃어줬더니 그게 정말 웃기다고 생각했었나 보다.

"너… 누가 그런 말 같지도 않은 소리를…."

지후의 주위로 금빛 강기는 더욱 활발하게 원을 그리며

돌아가고 있었다.

"혀… 형님…."

"에휴. 됐다. 됐어…."

지후는 주위에 있던 강기들을 해제 시켰다.

"내가 지수 부모냐? 딱 보니까 나 빼고 다들 허락한 것 같은데. 잘 만나봐. 그런데 너희 할머니는 아시냐?"

"네. 축하한다고 빨리 결혼하시라고 하셨습니다."

"사귄지 얼마나 됐다고 결혼이야. 그리고 지수 연예인인데 갑자기 이런 스캔들이 나면…."

"오빠! 나 은퇴할 거야!"

"너 몇 달 전부터 은퇴소리 하던 게… 윌슨을 만나서였냐?"

"그게… 그냥 연예인 생활도 회의감도 들고… 윌슨은 사회적 지위도 있는데 내가 아이돌 생활하는 것도 좀 그렇고… 그리고 저번에 사람들이 오빠한테 욕할 때…. 외국에서 사는 것도 나쁘지 않다고 생각도 들었거든…."

"설마… 윈저 성이 너네 신혼집이었냐?"

"그건 할머니께서 형님에게 하신 선물이죠. 저희는 그냥 얹혀사는 정도?"

"하… 윌슨… 하나만 명심해라. 지수 눈에서 눈물 흘리지 않게 해. 그리고 너희가 헤어지더라도 네가 먼저 헤어지자고 하면 영국을 불바다로 만들어 버릴 거야."

"저희 헤어지지 않습니다. 평생 행복하게 살겠습니다."

"그래…."

쓸쓸하네… 뭐 그래도 윌슨 정도면 나쁘지 않지.

지후의 허락이 떨어졌다는 사실은 영국왕실에도 전해졌고 영국은 환호하며 하루빨리 결혼발표를 할 날이 오기만을 바랬다.

지후의 집안과 사돈이 된다는 사실에 미국보다 한발 앞서가고 있다고 생각하는 영국이었다.

처음 윌슨이 대한민국으로 떠나는 것을 반대했던 여왕과 가족들이었지만 지금 윌슨은 영국의 국가안보를 몇 단계나 끌어올린 국가적인 영웅이었다. 윌슨의 한국행은 영국에 생각하지도 않은 선물을 안겨주었다.

"그래서 공개적으로 만나려고?"

"아니요. 저는 지수가 은퇴를 하지 않아도 된다고 생각하는데 지수가 그건 아니라고 해서요. 그래서 후회 없이 연예인 생활을 하라고 했어요. 아마 지수가 은퇴를 할 때가 저희 사이가 공식화 되는 날이 아닐까요?"

"뭐 알아서들 해라."

괜히 시큰한 마음이 드는 졸업식은 그렇게 끝났다.

21. 북으로

21. 북으로

　시간이 흘러 결국 북한은 웨이브를 막아내지 못하고 몰락을 하고 말았다.

　지난번에는 북한은 백악관과 청와대 그리고 지후를 도발하는 방법을 택했었지만 지금은 제발 자신의 망명을 받아달라며 김정원은 사정을 하고 있었다.

　하지만 시한폭탄을 껴안을 필요는 없다고 생각했기에 우리나라의 반응은 미지근했다.

　딱히 얻을 건 없었고 주기만 해야 하는 데 받아들이기엔 리스크가 컸기 때문이다.

　일반 북한 국민은 받아들이기로 했지만 대한민국은 계급이 높은 군인과 김씨 일가는 받아들이지 않기로 결정했다.

거절을 당하자 북한 정권은 막무가내로 남아있는 군을 이끌고 대한민국을 향해 진격했다.

그 뒤는 몬스터들이 따르고 있었기에 함께 죽자는 건지 자기들을 받아달라는 건지 참 곤란한 상황이 연출되었다.

결국 허수아비 대통령은 지후에게 도움을 청했다.

지후는 귀찮아서 아영에게 전화를 받게 했고 세 사람과 한참 얘기를 하고 있었다.

"예전에 지후씨가 말한 대로 이 상황이라면 도움을 주는 게 낫지 않을까요?"

"맞아요. 몰락한 북한이라면 괜찮다면서요."

윌슨은 남의 나라의 정치에는 관심이 없다는 듯 무관심하게 대화를 들으며 지수와 톡을 하고 있었다.

"윌슨. 정신 사납게 하지 말고 무음으로 하든가 저 쪽으로 좀 꺼져."

"무음으로 하겠습니다. 형님."

'젠장. 내가 진짜 몰락할 줄 알고 그런 말을 했겠어? 무슨 나라가 이렇게 쉽게 망해? 그때는 그냥 귀찮아서 그런 건데… 한입으로 두 말하는 인간으로 비춰지기는 싫은데… 딱히 얻을 것도 없는데….'

"이대로라면 우리나라에도 큰 피해가 생겨요. 그들이 지금 몬스터를 몰고 올라오고 있어서 막아내지 못한다면 우리나라도 막대한 피해와 사상자를 피할 길이 없어요."

"나 애국심 없는 거 알잖아."

"하지만 지후씨가 전에 말했잖아요. 북한이 망한다면 몬스터만 쓸어버리면 경제적 효과와 충분한 일자리가 생길 수도 있다고."

'그랬지. 그러니까 고민하고 있는 거잖아. 내가 한입으로 두말하는 성격은 아닌데.'

"이번 일을 해결하고 나면 지난번에 추락했던 이미지도 많이 회복할 수 있을 거예요."

"전부터 내 이미지에 왜 이렇게 신경 써? 그놈의 이미지세탁타령 좀 그만해. 전에도 지수랑 이미지세탁하려다가 그 사단이 일어났는데. 그리고 난 지금 딱 좋아. 이제 막나가도 아무도 뭐라고 안하잖아. 그러려니 하는 거지."

"오빠. 이미지 세탁이나 그런 걸 떠나서 이건 꼭 해야 하는 일이에요. 그대로 밀고 올라오면 우리나라 국민들의 피해도 엄청 날 거예요."

"그래. 가자 가. 너희들 실전 테스트도 마무리 할 겸 너희가 이번엔 앞장 서 봐."

"네."

그동안은 던전 안에서 움직였기에 외부에 노출이 된 적이 없었지만 이번에는 웨이브로 인해서 밖에 나온 몬스터를 상대하는 것이기에 노출을 피할 방법이 없었다.

공식적으로 TEAM지후의 팀원이자 S급인 세 사람이 언론에 노출이 되는 계기였기에 북한 토벌에 임하는 세 사람의 각오는 남달랐다.

윌슨은 자신의 성장소식을 영국에 전할 수 있다는 사실에 가슴이 벅차올랐다.

다음 날 지후는 정부의 요청을 수락하고 정식으로 북한 토벌에 나섰다.

수많은 플래시 세례를 무시하고 지후는 앞장을 섰지만 뒤의 세 사람은 그렇지 않은지 그 모습이 참 가관이었다.

아영과 소영은 미용실에 갔다 왔는지 풀 메이크업에 평소 안하던 헤어스타일을 하고 있었고 윌슨은 포마드로 머리에 힘을 주고 있었다.

지후는 세 사람과 북한으로 들어가기 전 식당에서 식사를 갖었다.

그리고 지후는 놀랐다.

처음에는 호텔에 살아서 문제가 없었지만 지후의 요새에 들어온 뒤로는 윌슨은 식사문제를 겪었었는데 지금은 지후보다 돼지국밥을 더 잘 먹고 있었다.

벌서 세 그릇째 먹는 윌슨을 보며 지후는 혀를 찼다.

"그게 다 들어 가나?"

"아공간에 있는 음식은 다 삼각 김밥이나 인스턴트잖아요. 먹을 수 있을 때 제대로 먹어 놔야죠."

'그래 많이 먹어라.'

"형님 안 드실 거면 제가 형님 것도 먹을까요?"

이 새끼가 돌았나? 난 음미하면서 천천히 먹던 거거든.

"하나 더 시키던가."

"나오는 데 시간 걸리잖아요."

"헛소리 하지 마. 인생 헛살기 싫으면."

"헐. 대박. 형님 완전 개그 감 잃으셨네요."

진짜 이 새끼가 살기 싫나?

"자꾸 헛소리 하다간 큰코다친다."

"제 코는 평균인데요. 큰 코는 아니에요."

이 새끼가 요즘 따박 따박 말대꾸를 하네. 지수랑 사귄대서 조금 풀어줬더니.

"야이 코쟁이 새끼야. 한번만 더 말대꾸 하면 큰코다친다."

"에이 제 코는 평균…."

퍽!

지후는 결국 윌슨의 큰 코를 다치게 했다.

지후의 주먹에 윌슨의 코에서는 쌍코피를 흘리고 있었고 그동안 지수를 믿고 까불던 윌슨은 순식간에 기가 죽었다.

"대가리 박아. 내가 지수를 생각해서 참고 참고 또 참고 있었는데 나를 참나무로 만들려고 해?"

윌슨은 바닥에 머리를 박은 상태로 울먹이며 말을 하고 있었다.

오늘 신경 쓰고 나온 머리가 망가졌기 때문이다.

이 상황에서도 자신의 헤어스타일을 신경 쓸 수 있는 윌슨도 대단했고 영국의 왕자에게 대가리를 박게 하는 지후도 대단했다.

"죄송합니다. 제가 경솔했습니다. 머리 망가지는데 일어나도 될까요?"

결국 입 밖으로 꺼내지 말아야 했던 말을 꺼냈고 지후는 아공간에서 단검을 꺼내 들으며 윌슨의 머리끄덩이를 잡아 일으키고 있었다.

"혀… 형님… 지금 무슨 짓을 하려고 하시는 겁니까! 이건 안 돼요. 제가 잘못했습니다. 형님!"

"윌슨. 늦었다고 생각할 때는 정말로 늦은 거야."

"으아아악! 아영누나! 소영아! 도와줘!"

아영과 소영은 그래도 싸다는 듯한 눈빛을 보내며 윌슨을 외면했고 윌슨의 머리는 가운데만 잘리고 말았다.

결국 윌슨은 시골의 허름한 이발소에 가서 스포츠머리로 머리를 밀고 와야 했다.

지후는 북한의 국민은 살려도 되지만 북한의 군벌과 김씨 일가는 살려주지 말라는 허수아비의 부탁을 받았다.

굳이 부탁을 하지 않아도 자신을 욕했던 오크를 살려둘 생각이 없는 지후였다.

귀찮아서 그때는 참았을 뿐. 움직이기로 마음먹은 이상 북한의 오크는 씨가 마를 것이었다.

이미 우리의 군과 헌터들은 지뢰를 제거하고 철책을 넘은 상태였다.

지후와 세 사람은 빠르게 그들에게 합류했고 사냥을 이어갔다.

"나는 좌측에 정찰 좀 하고 올 테니까 너희는 여길 돕고 있어."

"네."

지후가 갑자기 왜 정찰을 나서냐고?

좌측으로 30km 정도 떨어진 곳에서 대규모 이동이 느껴졌기 때문이다.

그리고 기감을 넓히자 그것이 탱크와 전차라는 사실을 알 수 있었다.

분명 그건 군부와 오크가 오는 것이라는 확신이 든 지후는 혹시 말릴지 모르는 세 사람을 떼어놓고 경공을 펼쳐 달려가고 있었다.

쾅!

전진하던 탱크와 전차들 사이로 지후의 환영인사인 강기가 떨어져 내렸다.

"어떤 간나 새끼가…."

"날 씨바라. 참 화창하지?"

"이 아새끼레 뭐라고 씨…."

"돼지잡기 좋은 날이야. 그치?"

지후는 웃으며 지후에게 말을 하는 군인으로 보이는 사람을 바라보았고 그 옆에는 오크가 앉아 있었다. 눈이 좋은 지후는 정확하게 자신의 목표물을 찾을 수 있었다.

대화는 무의미 했기에 지후는 북한군과 김정원을 향해 강기를 난사했다.

10분간 쉬지 않고 폭음이 울렸고 강기의 비가 내린 자리에는 생존자가 없었다.

지후는 약간 더 기다려서 몰려온 몬스터들도 그곳에서 강기의 비를 내려 학살했다.

지후가 의심이야 받겠지만 일단은 몬스터와 서로 싸우다가 전멸을 한 것으로 만들기 위함이었다.

적당히 시늉만 해놓으면 수습은 정부가 알아서하기로 했기에 지후의 손에는 거리낌이 없었다.

지후는 그 곳을 처리하고는 다시 세 사람이 한참 전투중인 곳을 찾았다.

"누나… 소영아 빨리 처리하자."

"야 그게 말처럼 쉽니!"

"그러게 넌 지금 저 몰려오는 몬스터가 안 보이니?"

세 사람은 워낙 친해진 상태였기에 서로 편하게 대화를 주고받으며 전투에 임했다.

아영은 윌슨과 첫 만남에서 그의 속마음을 알게 된 뒤로 타지에서 고생하는 윌슨을 더욱 챙겨주었다.

자신에게 음욕을 안 가지고 있는 두 번째 남자였기 때문이다.

이상하게도 아영은 그런 윌슨은 남자로 보이지 않았다. 그저 동생으로만 보였다고 해야 할까?

윌슨의 마음엔 강해지고 싶다는 열망으로 가득 차 있었고 나중엔 지수와 강해지는 열망만이 있었다.

지금은 아영도 능력의 제어가 완벽하게 되기에 남의 속마음을 읽는 일은 하지 않는다.

하지만 오늘의 윌슨은 어딘가 다급해 보였고 점점 신경이 쓰여 속마음을 읽어야 하나 싶은 아영이었다.

지켜보는 지후는 윌슨의 행동에 조급함이 묻어 나오는 것을 느낄 수 있었다.

'저 새끼가 갑자기 왜 저러지? 쓸데없이 힘을 낭비하네.'

지후는 조금 더 상황을 지켜보기로 하고 나무 위에 누워 세 사람의 전투를 구경했다.

윌슨의 적절한 방어와 공격은 효과적이었고 소영의 검 또한 거침이 없었다.

아영의 화살도 적재적소의 타이밍에 날아가고 있었고 완벽한 호흡이었다.

다만 중간 중간 윌슨이 안하던 실수를 하고 있달까?

"너 대체 왜 그래?"

"정신 똑바로 안 차려?"

"똑바로 안 하면 지후오빠한테 말한다."

"나한테 뭘 말해?"

세 사람은 기척도 없이 나타난 지후로 인해 깜짝 놀랐지만 다시 전투를 속행했다.

노닥거릴 정도로 몬스터가 한가하게 몰려오는 것이 아니었기 때문이다.

"저 형님…."

"왜?"

"드릴 말씀이…."

"뭔데?"

"그… 그게…."

윌슨의 목소리는 점점 작아지고 있었고 몬스터들의 비명
에 묻히고 있었다.

"안 들리니까 크게 말해."

"형님 저 잠시 제 애들한테 세상구경 좀 시켜주고 오겠
습니다!"

"네 애들? 뭔 소리야?"

"제가 배탈이…."

미친놈….

"바지에 싸든가 코르크 마개로 틀어막던가."

"아 형님! 그게 무슨 말 같지도 않은…."

"말 같지도 않은? 네 새끼들이랑 같이 저승구경 할래?"

"내가 너 아까 그렇게 처먹을 때 이렇게 될 줄 알았어."

'알았으면 미리 말 좀 해주시지 그랬습니까!'

윌슨은 목구멍까지 차오른 말을 가까스로 참아냈다.

그리고 지후의 말에 행복한 미소를 지으며 엉덩이를 붙
잡고 전장을 이탈했다.

"그래. 출出똥 해라."

"네?"

"네 새끼들 넓은 세상에 보내 주라고."

"네 세상구경 좀 시켜주고 금방 다녀오겠습니다."

지후는 월슨이 빠진 전장에 대신 나섰고 순식간에 강기로 상황을 정리했다.

"진짜 오빠는 볼 때마다 괴물이네요."

"그러게… 이제는 조금은 따라잡지 않았을까 생각했는데… 우리는 멀었나 보네…."

월슨은 10분후 한결 가벼워진 표정을 짓고는 돌아왔다.

"네 새끼들은 넓은 세상으로 보내줬어?"

"네. 애들이 좋아서 환호성 지르면서 나오더라고요."

뿌직 뿌직 빠악! 이런 효과음이 듣고 있던 세 사람의 귀에 환청처럼 들려왔다.

'환호성? 미친 새끼…. 이런 놈한테 지수를 맡기라고?'

아영과 소영은 두 사람의 대화를 들으며 인상을 쓰고 있었다.

"야 월슨 우리가 있는데 그런 대화는 좀!"

"맞아. 지저분하게 뭔 소리 하는 거야!"

"뭐 어때. 누나는 나한테 그냥 고추 없는 형인데. 그리고 둘 다 왜 나한테만 그래! 형이랑 같이 얘기했는데!"

'미친 새끼.'

'오빠한테 뭐라고 못 하니까 너한테 그러지. 쟤는 요즘 부쩍 걸고 넘어져.'

"작작 쉬고 모두 준비해. 이동한다."

지후는 세 사람을 데리고 대한민국의 군과 헌터들과 헤어져 따로 이동하며 몬스터들을 사냥하기 시작했다.

　그 결과 1주일이 흘렀을 때 북한의 대부분 지역의 몬스터를 쓸어버릴 수 있었고 언론에서는 역시 이지후라는 찬양이 끊이지 않았다.

　방송에서는 북한을 개발하며 얻을 경제효과와 일자리에 대한 말이 이어졌고 이렇게라도 통일이 되고 예전의 땅을 회복했다는 사실에 환호를 했다.

　정부는 북한군과 김정원 국방위원장이 몬스터들과의 전투에서 모두 사망했음을 알렸고 남한으로 살아서 넘어온 북한국민들은 자신들의 족쇄가 끊어졌다며 오히려 좋아했다.

22. 다가오는 어둠

22. 다가오는 어둠

아영은 여전히 지후와 딱히 진전이 없자 조급한 마음이 들었다.

평소에 그렇게 여자를 밝히는 사람이 자신에게는 너무나 철벽이었기 때문이다.

그리고 가장 연적으로 생각하고 있는 소영에 대해서 생각해 보았다.

진지하게 생각해 본 적은 없었지만 조목조목 따져 보며 생각을 해보니 자신이 소영보다 딱히 나은 게 뭔지 알 수가 없었다.

있다면 스펙 뿐.

그리고 소영의 장점은 지후보다 어리다는 것이었고 자신

의 단점은 지후보다 나이가 많다는 것이었다.

미모는 빠지지 않는다고 생각하지만 같은 선상에 놓고 봤을 땐 자기보다 나이가 많은 여자보다는 나이어린 여자를 택하는 남자가 많다는 통계를 봤기 때문이다.

남자들은 오빠소리에 녹는다는데 아영은 지후보다 네 살이나 많아 오빠소리를 할 수도 없었다.

그리고 앞으로 자기가 승부수를 띄워야 할 건 연륜미라는 생각이 들었다.

'지금 내가 해야 할 건 시기가 아니야. 지금은 지후씨에게 다가가야 할 시기야. 그리고 소영이와도 진지하게 얘기를 해 봐야겠어.'

그날 밤 아영은 소영을 불러내 단 둘이 술을 마시며 진솔한 대화를 나눴다.

대화를 나누다 보니 소영은 자신이 지후를 좋아한다는 사실을 알 수 있었다.

그동안은 아영에 대한 경쟁의식으로 생각했지만 아영과 지후가 사귄다고 생각하니 눈앞이 깜깜해졌기 때문이다.

자신이 그동안 얼마나 지후를 좋아하고 있었는지 깨닫게 된 소영은 그동안 아영에게 느꼈던 라이벌 의식이 뭐였는지 정확하게 깨달을 수 있었다.

두 사람은 한참을 얘기해도 양보가 없었고 칼부림이 날 뻔도 했지만 술자리에 나타난 중재자 윌슨으로 인해 다행히 멈출 수 있었고 해답도 얻을 수 있었다.

"제가 볼 땐 두 사람 다 지후형의 선택을 못 받을 수도 있다고 생각하는 데요."

"야 죽을래?"

"윌슨!"

"그런데 왜 꼭 두 사람 중 한 사람이 선택받기를 바라세요? 그냥 두 사람이 힘을 합쳐서 형한테 접근하는 여자를 막는 게 나을 텐데."

"응? 그게 무슨 말이야?"

"지후 형이 보통 사람은 아니잖아요. 세계 최강의 헌터에요. 그런 사람한테는 언제나 여자가 끊이질 않는 법이죠."

"그래서 어떻게 하라는 건데?"

"이제 법도 바뀌는 마당에 지후 형이 한 사람과만 결혼을 할 필요는 없죠. 특히 지후 형 성격이라면 절대로 그렇게 살 사람도 아니죠."

"그렇긴 하지…."

"그렇지…."

"그냥 두 사람이 왼팔 오른팔 나눠서 붙잡고 살아요. 서로 힘을 합쳐서 다른 여자들을 막아내면서. 저는 그게 나을 거라고 생각해요."

두 사람은 윌슨의 말에 많은 걸 느꼈고 라이벌이자 수많은 갈굼을 버려낸 동료애는 뜻밖에 손을 맞잡았고 그렇게 지후는 알지 못하는 동맹이 결성되었다.

◇

그렇게 한 달이 흘렀고 두 사람은 지후에게 고백을 하기로 결심했다.

하지만 두 사람은 지후에게 고백을 할 수가 없었다.

지금의 지후는 머리끝까지 화가 나 있는 상태였다.

그 사건의 시작은 별거 아니었지만 끝은 너무나 지후를 화나게 했다.

"누가 또 이런 장난질을 하는 거지?"

"모르겠어요…."

"요즘 내가 너무 얌전했나 보네… 나를 또 건드려? 허수아비는 대체 뭘 하고 있었지?"

"나름 애를 쓰고는 있지만 요즘 대통령의 세력이 급격히 약화되고 있다고 해요. 아마도 기업인들과 정치인들이 이 일에 관련이 있을 것 같다는 협회의 전언이 있었어요."

"참나… 대한민국은 정말 대단하지 않아? 바퀴벌레보다도 더 한 생명력이라고 해야 하나? 밟아도 밟아도 계속 살아나네."

'내가 전에도 말했지? 인간의 욕심은 끝이 없고 같은 잘못을 반복한다고.'

"아무래도 세상엔 많은 변화가 있었으니까요. 지후씨가 딱히 외부활동을 하지 않은 지가 좀 됐으니까요. 북한일은 지후씨나 우리가 해결했다고만 나왔지 영상이나 그런 건 없었잖아요."

지후가 외부활동을 안 하고 있을 때 다른 나라들엔 1인 레이드를 성공시키는 헌터들이 하나 둘 나오고 있었고 지후 같은 멀티포지션을 수행하는 2세대 헌터들이 출연하고 있었다.

가장 빠른 발전을 보이는 것은 중국이었고 그 뒤를 여러 나라가 뒤 쫓았다.

지후가 외부활동을 하지 않는 사이에 1인 레이드를 성공시키는 헌터들을 보면서 사람들은 더 이상 지후가 세계최고가 아닐지도 모른다는 여론이 생성되었다.

최고의 자리에서 내려오는 게 두려워서 지후가 활동을 하지 않는 다는 반응이었다.

아직 대한민국은 지후로 인해서 세계에서 제일 안전한 나라로 평가받고 있었지만 지후와 미라클 길드를 제외한 헌터의 질은 대한민국이 많이 떨어진다는 평이 이어졌고 결국 대한민국은 지후에게 미라클 길드에 알려줬던 기술을 전수하라며 언론이 들고 일어섰다.

"지후씨 아무래도 여론이 좋지 않아요. 기술을 공개하라는 식으로 여론이…."

"그놈의 여론 여론 정말 사람 귀찮게 하네. 다 사버릴까?"

"그건 더욱 좋지 않아요. 지후씨 같은 사람이 여론을

독점하면 오히려 국민들이 더욱 지후씨를 나쁘게 보겠죠."

다음날 지후에게 대답을 요구하는 기자들은 요새의 정문 앞에 모여 있었고 지후는 짜증을 내며 기자회견을 열었다.

"조아일보의 이주하 기자입니다. 이지후씨가 아시고 있는 2세대 헌터 양성법은 공개를 하지 않으실 생각이십니까? 그걸 개인이 독점하는 것은 욕심 아닙니까?"

지후는 기자의 발언에 어이가 없어 헛웃음이 나왔다.

"그건 지극히 내 개인의 지식이고 지적재산인데. 공짜로 내 놓으라고? 웃기지도 않네. 내 지식을 모두에게 개방하라고? 얼마 줄 건데?"

"이지후씨는 이미 넘치는 돈이 있지 않습니까? 그 정도는 국익과 국민을 위해서 베풀어도 되지 않습니까?"

"기자 아가씨. 그럼 아가씨도 오늘부터 아무 남자와 시도 때도 없이 합체를 해. 그 기회를 모두에게 줄 건가?"

"그게 무슨 말입니까? 이건 성희롱입니다."

"그럼 고소를 하든가 이 쌍쌍바 같은 년아. 왜 네 몸뚱이는 아깝고 내 지식은 안 아깝냐? 남의 일이라고 쉽게 말하네. 내가 하는 말이랑 너랑 뭐가 달라? 자기 거 아니니까 마음대로 하겠다는 건 같은 맥락인 것 같은데."

"이건 성희롱⋯."

"같잖은 소리 그만해. 너희들 입장만 생각하고 요구 하지

마. 역겨우니까. 호의가 계속되면 그게 권리인줄 착각하는 것들이 있어. 그놈의 애국 나도 충분히 했잖아. 북한도 쓸어줬더니 뭐 이런 거지같은 것들이 다 있어."

"하지만 지후씨가 지식을 베풀어서 헌터들이 강해지면 국방력과 애국과도 관련된…."

"닥쳐. 내 호의는 여기까진데 정말 주제파악들을 못하네. 세상은 기브 앤 테이크야. 아무리 내가 가진 게 많다고 공짜로 뭔가를 바란다니. 다들 거지근성에 물들었어."

"아까부터 거지라니 말이 너무 심한 것 아닙니까!"

"그럼 뭔데? 강도야? 지적 재산도 재산인데. 그걸 그냥 강탈하겠다니. 그리고 너희들이 말하는 그놈의 애국이니 대의니 내가 충분히 했다는 생각은 안 해? 북한에서 내가 무슨 이익을 얻었지? 땅도 나라에서 얻었고 돈도 앞으로 나라에서 벌 거고 일자리도 늘어날 테지. 난 그걸 공짜로 해줬는데,"

"마정석이나 사체는 다 지후씨가 가져가신 것 아닙니까?"

"그럼 내가 잡은 것도 줘? 그럼 이 나라에 아니 전 세계에 누가 몬스터를 잡으려고 할까? 그건 당연한 거 아닌가? 기자정도 되면 생각 좀 하면서 내뱉어. 내가 땅을 가져갔니? 뭘 했니? 솔직히 거의 우리 팀이 북한 토벌은 다 했는데. 찌꺼기 좀 잡고 그만큼 생색내게 해줬으면 된 거 아닌가?"

"그렇지만 이지후씨가 알고 있는 지식은 다릅니다. 그건 우리나라의 헌터들을 한 단계 끌어올릴 수 있고…."

"왜 툭하면 대한민국 사람들은 나한테 몰려오는 건데? 나 이미 그 지식을 예전에 전수했고 마음대로 하라고 했는데?"

"그게 무슨…?"

그 시각 미라클 길드는 헌터 양성 학교를 차렸다는 기자 회견을 하고 있었고 엄격한 심사를 통해 학생을 받는다고 발표를 하고 있었다.

그 기자회견은 이곳에 몰려 온 기자들에게도 알려졌고 지후는 할 말이 끝났으니 미라클 길드로 찾아가라며 화살을 돌리고 자리를 떠났다.

미라클 길드의 기자회견으로 인해서 지후를 향했던 기사가 잠시 주춤했지만 이틀이 지나자 다시 지후에게로 화살은 돌아왔다.

경제인 연합이라며 대한민국의 대기업들이 연합했고 여당과 야당이 한뜻으로 뜻을 모으며 다 같이 모여 기자회견을 감행했다.

저렇게 모일 수 있다는 사실에 국민들도 그만큼 중요한 사안이기에 모두 모였다고 생각을 하게 되었고 저들의 말에 동의를 하는 사람들이 늘어갔다.

"아영아 이게 무슨 일이지? 화살은 다 미라클 길드에 넘긴 것 아니었어?"

"저도 그렇게 생각했는데… 아무래도 지후씨를 타겟으로 뭔가 일어나는 것 같아요."

"진짜 다들 미친 건가? 몬스터에는 벌벌 떠는 인간들이 몬스터를 족치는 나한테는 왜 이렇게 이빨을 드러내는 거지?"

무림에선 그냥 몇 번 힘자랑하면 덤비는 것들이 거의 없었는데… 여기는 제약은 많고 시간이 조금만 지나면 덤벼든단 말이지. 이래서 인간의 욕심은 끝이 없고 같은 실수를 반복한다는 거지.

지후의 짜증이 심상치 않자 아영은 전화를 걸어 상황을 알아보기 시작했다.

지후의 저런 짜증이 오래가면 뭔가 큰 사고를 치기 때문에 아영은 다급했다.

그리고 황당한 소식을 들을 수가 있었다.

대한민국의 정치인들과 기업가들이 연합을 해서 지후에게 이빨을 드러냈다는 것이었고 이제부터는 지후에게 세금도 내고 대한민국의 헌터로서 국가에 소속된 헌터들을 가르쳐 국방력을 키우고 애국을 하라는 것이었다.

"정말 황당해서 말도 안 나오네…. 이게 말이 되는 상황이야? 억지도 너무 심한 거 아니야?"

"말이 안 되죠…."

"나보고 세금을 내라고? 그리고 국가에 소속 되서 국가 소속 헌터들을 가르치라고…."

이제는 대한민국과 헤어져야 할 시간인가…?

"도저히 저로서도 이해가 안 가네요. 갑자기 이렇게 지후씨를 물고 늘어질 이유도 없었고 일을 이렇게까지 키우는 것도 도무지 이해가 안 가요. 혹시 저 모르게 무슨 일이라도 있으셨나요?"

"없었거든. 너랑 소영이랑 내 옆에서 떨어지지도 않고 있으면서 뭔 소리야."

이 나라는 어떻게 이렇게 빨리 개판이 되는 거지? 진짜 대단한 나라야.

방송에서 하는 말을 들어보면 지후의 활동을 국가적 차원에서 재제를 하겠다는 뜻이었고 여론도 그동안 지후가 너무 통제를 받지 않고 마음대로 휘젓고 살았다며 이제라도 통제를 해야 한다는 쪽이었다.

이 일을 벌인 대표로 야당의 총재가 지후의 목동요새로 찾아왔다.

지후는 만나고 싶은 마음이 없었지만 아영은 얘기라도 들어보자며 지후를 설득했고 지후는 만남을 가졌다.

"이민재라고 하네."

"이지후."

원래 존대를 잘 하지 않는 지후였지만 오늘은 더욱 날카로웠다.

"이제 그만 혼자 활동하고 국가의 품으로 들어오는 게 어떻겠나?"

"국가가 나를 품을 수 있다고 생각해?"

"자네는 강해. 하지만 정말 모르겠나? 개인은 단체를 이길 수 없어. 물론 일본에서의 일도 있고 그동안 여러 일이 있었지. 그동안은 충분히 혼자 할 수 있었지. 하지만 이제는 달라. 이제 세계엔 자네 같은 강자가 많이 나타났고 지금의 하나 된 대한민국은 자네를 충분히 품을 수 있다네."

개네는 흉내만 낼 뿐이지. 내 상대는 아니야.

"거절하지."

"신중하게 생각하게나. 더 이상은 우리도 이런 제안을 하지는 않을 거야."

"나와 무력충돌이라도 하겠다는 건가?"

"마음대로 생각하게."

"아저씨는 목숨이 여러 갠가 보네."

"물론 내 목숨은 하나지. 그리고 자네의 목숨도 하나야. 하지만 우리에겐 수많은 목숨이 있어. 자네와는 달라."

"그런 식으로 나온다면 더는 할 말이 없네. 근데 말이야. 내가 대한민국을 떠날 거라는 생각은 안 해봤어?"

"그게 자네의 최고의 무기겠지. 하지만 자네는 떠나지 못해."

"그게 무슨 소리지?"

"그런 게 있다네. 나에게도 숨겨둔 패 하나는 있어야지. 한 가지 확신하자면 자네는 대한민국을 떠나지 못해."

"재미있네. 내가 대한민국을 떠나지 못한다? 너희는 국가가 아니고 무슨 깡패 같네. 나를 감금이라도 하겠다는 건가?"

"마음대로 생각하게."

"너희가 깡패라면…. 나도 내가 알고 있는 깡패를 부를 수밖에 없겠네. 내가 친한 깡패가 있는데 걔네가 세계적으로도 유명한 깡패야. 보스가 흑형인데 그 흑형 말 한마디면 여기는 불바다가 될 걸?"

"마음대로 하게나. 그 정도 대비도 없이 자네와 마찰을 일으켰겠나? 우리도 함께하는 깡패가 있지. 우리와 함께하는 깡패는 백형이라네. 불곰파라고도 불리는데. 흑형을 견제하기에는 제격이지. 원래 둘이 앙숙이었으니 자네가 믿고 있는 패는 별로 도움이 안 될 걸세."

불곰? 러시아라… 대한민국과 러시아가 손을 잡았다고? 갑자기? 이건 대체 뭐가 어떻게 돌아가는 거지?

이민재 총재는 자리에서 일어나며 지후에게 마지막으로 한마디를 하고는 지후의 요새를 떠났다.

"잘 생각해 보게나. 내일 오후 1시까지 생각할 시간을 주지. 거절을 한다면 우리가 다음에 볼 때는 지금과는 다른 관계일 걸세."

"아영아. 저 새끼가 뭘 믿고 저렇게 말 하는 거야?"

"아이템으로 제가 생각을 읽는 걸 막고 있었어요. 아무것도 읽지 못했어요… 죄송해요."

"아이템이라… 철저히 준비했다는 거네…."

지후는 주먹을 꽉 쥐었다.

고작 쥐새끼 같은 것들이 자신에게 시비를 터는 모습을 보고 심한 모욕감을 느끼고 있었기 때문이다.

지후는 다음날 1시에 그 어떤 연락도 하지 않았다.

결과는 당연하게도 지후의 거절이었다.

그들은 지후가 거절하자 지후를 압박할 행동을 실행으로 옮겼다.

지후의 쌍둥이 동생을 납치했던 것이다.

상당한 실력을 겸비한 헌터들이 경호를 하고 있었지만 그들은 쌍둥이를 지키던 헌터들을 모두 죽이고 납치에 성공했다.

그 사실을 알게 된 지후는 굉장히 분노했다.

지후는 통화를 하며 전화기를 던지고 싶은 것을 겨우 참아내고 있었다.

"뭐라고 했지?"

[자네의 쌍둥이 동생을 데리고 있다고 했네.]

"……."

[그러게 거절하지 않으면 좋았지 않나. 그랬으면 이런 방법까지는 쓰지 않았을 텐데.]

"고작 생각한 게 납치였나?"

[일단 오게나. 진짜 선물은 따로 있으니. 누구에게도

알리지 말고 혼자 오게나.]

"그렇게 하지."

지후의 모습을 보고 있던 세 사람은 무슨 일이냐고 묻고 싶었지만 물어볼 수 없었다.

전화내용으로 대충 알 수도 있었지만 지금 지후가 뿜어내는 살기는 세 사람의 입에서 그 어떤 말도 할 수 없게 만들고 있었다.

"너희는 당장 내 가족들을 챙겨. 그리고 대한민국을 떠날 준비를 해. 이제 대한민국 따위 어떻게 되든 알바가 아니야. 모두 죽여 버리겠어."

가족은 지후의 역린이었다. 무림에서도 객잔을 운영하며 한량처럼 살던 지후가 마교와의 전쟁에 뛰어들었던 건 가족의 죽음 때문이었다. 아무리 쌍둥이와 지후가 나이차이가 많고 함께한 시간이 적다고 하지만 가족의 정이 없는 것은 아니었다. 지후는 분노하고 있었고 세 사람은 말없이 지후의 말을 따를 수밖에 없었다. 그저 많은 희생자가 생기지 않기만을 마음속으로 빌 뿐이었다.

지후는 문자로 온 주소를 확인하고는 바로 인터넷으로 좌표를 검색해본 후에 워프를 했다.

워프 후에 내비게이션을 이용해 경공을 펼쳐 인천에 있는 폐 공장에 도착한 지후는 기절한 채로 묶여있는 쌍둥이와 그 주변을 지키고 있는 러시아의 헌터들을 마주할 수 있었다.

물론 경제인들과 정치인들도 한 자리에 모여 있었고 이민재는 지후의 앞으로 당당하게 걸어 나왔다.

"고작 저 자식들을 믿고 내 앞에서 고개를 뻣뻣하게 드는 건가?"

"저들도 믿음이 가지. 하지만 그게 전부는 아니지. 이걸 보게나."

"그게 뭐지?"

"먹어보면 알게 될 걸세."

"그걸 내가 왜 먹어야 하지?"

"먹어야 할 걸세. 그렇지 않다면 자네의 쌍둥이들에게 먹일 테니까."

"아직은 동생들에게 먹이지는 않았다는 건가?"

"자네의 동생들은 자네를 여기에 불러내기 위한 용도가 전부지. 이 약이 아무 능력도 없는 사람한테 쓸 정도로 구하기 쉬운 게 아니어서 말이야."

"대체 그게 뭐지? 뭔지는 알아야 먹지."

"그냥 먹는 게 좋을 텐데."

"뭐가 달라지지? 알고 먹나 모르고 먹나 당신 말대로라면 내가 먹어야 할 텐데."

독약인가? 저걸로 나를 죽일 수 있다고 생각하는 건가?

"자네 말대로 달라지는 것은 없군. 오히려 자네가 알고 먹는 게 내 입장에선 더 재미있겠군. 이 약을 우리는 꼭두각시의 춤이라고 부른다네."

"꼭두각시의 춤?"

"그렇지. 이걸 먹은 사람은 그 어떤 명령도 토를 달지 않고 이행하거든. 마치 명령만을 따르는 로봇처럼."

나를 꼭두각시로 만든다고? 마교에서 저런 비슷한 걸 쓰는 놈이 있었는데. 기억이 잘 안 나네. 뇌에 벌레가 파고 들어가서 명령을 따르게 하던 벌레였었는데….

"나를 꼭두각시로 만든다는 건가?"

"그렇지. 자네는 이제 내 명령만을 듣게 될 걸세."

"당신만 나에게 명령을 내리면 저기 있는 사람들이 불만을 갖지 않겠어? 나라는 큰 힘을 당신이 혼자 휘두른다면 불만이 나올 텐데?"

"그런 걱정은 하지 않아도 된다네. 이미 여기에 있는 인원들은 나의 꼭두각시들이니까."

어쩐지… 그 자존심밖에 없는 인간들이 한 자리에 모인다는 것부터가 말이 안됐지.

"이 약을 대체 누가 만든 거지? 러시안가?"

"그런 것까지는 나도 모르네. 난 러시아에서 제의를 해와서 협약을 맺은 것뿐이니."

그럼… 일단 러시아를 족쳐야 한다는 소리네.

결국 너도 이용만 당한 꼭두각시일 뿐이야.

대체 어떤 새끼가 나를 타겟으로 삼은 거지?

지후의 양옆으로 러시아의 헌터들이 왔고 지후의 양 팔을 붙잡았다.

"자 입을 벌리게. 그리고 이 약을 삼키게나."

"퉤. 조까! 너 그렇게 까불다가 피똥 싸고 기저귀 찬다."

지후는 다가온 이민재의 면상에 침을 뱉으며 욕을 했다.

이민재는 얼굴을 찡그리며 아직도 기가 죽지 않은 지후에게 화가 났다.

하지만 이 상황에 화를 낼 정도로 그의 인내심이 얕지는 않았다.

"아직도 기가 살았군. 정녕 자네의 동생들에게도 자네와 같은 꼭두각시의 삶을 물려주어야겠는가? 어린애들이라 그냥 보내줄 계획이었는데 아무래도 안 되겠군."

"멈춰!"

찰나의 순간이지만 지후는 이민재의 심령을 제압했다.

이건 현경에서도 고급 기술에 속하기에 지후의 기혈은 들끓고 있었지만 지후는 무시한 후 양 팔을 잡고 있는 러시아 헌터들에게 발경을 날렸다.

그리고 잠시 멈춰 있는 이민재를 지나쳐 이형환위로 동생들에게 다가갔고 동생들의 옆에 있는 러시아 헌터들을 무시한 채로 동생들이 묶여있는 의자를 잡고 워프를 시전했다.

지후가 워프를 한 곳은 주한 미군 기지였고 그곳엔 지후의 가족들과 지후의 팀원인 세 사람이 모여 있었다.

상황이 상황인지라 지현과 수혁은 미라클 길드의 1팀을 대동한 채로 이곳에 와 있었고 지후는 모두를 미군의 수송기에 태웠다.

"일단 미국에 가있어. 내가 곧 해결하고 갈 테니까."

수송기는 전투기 일개편대의 호위를 받으며 미국으로 향해 날아올랐다.

지후는 결국 기혈이 꼬여 내상을 입었고 죽은피를 토해내며 내상을 진정시켰다.

'온전한 정신으로 펼쳐야 흉내를 낼 기술을 흥분해서 힘 조절을 못했어.'

한바탕 토혈을 뱉어낸 지후는 입가를 닦으며 흥분을 가라 앉혔다.

이성이 돌아온 지후는 그저 담담해 보였다. 너무 담담해 보여서 오히려 무섭다고 해야 할까?

그동안 보여준 모습처럼 분노를 하고 날뛰었거나 장난을 치는 모습은 없었고 한기가 느껴지는 듯한 차가운 모습이었다.

지후는 다시 워프를 통해 그들이 모여 있는 곳으로 향했다.

그리고 담담하게 이민재의 앞으로 걸어갔다.

"이제 인질이 없군. 더 준비한 패는 없나?"

순식간에 인질을 빼앗긴 이민재는 분하다는 듯이 이를 악물며 인상을 찌푸리고 있었다.

"이… 이 자식! 네가 강하다고 하지만 지금 이 곳에 있는 러시아의 헌터들은 그동안 네가 상대하던 헌터들과는 다를 거다!"

러시아의 헌터들은 주머니에서 무언가 알약을 꺼내어 먹더니 엄청난 기세를 지후에게 쏘아 보냈다.

'저건… 어디서 본 것 같은데… 맞아 장준성. 그때 그 혈환이랑 비슷해. 러시아는 정녕 미친 건가? 저걸 단체로 먹어?'

러시아 헌터들이 지후에게 뿜어내는 기세는 대단했고 언제 그랬냐는 듯 이민재는 기세등등했다.

"꼭 매를 들어야 말을 듣는 것들이 있지. 교양 있게 가고 싶었는데 꼭 폭력을 써야만 하는 무지한 것들이 있어. 상처는 좀 생기겠지만 앞으로 내 명령을 충실히 들으라고. 뭐 생각조차 할 수 없게 되겠지만."

"착각하는 게 있네. 첫 번째는 저것들로 나를 막을 수 있다는 착각. 두 번째는 그동안 보여준 내 능력이 전부였을 거라는 착각."

'어차피 저것들은 전부 꼭두각시. 결론은 러시아를 가봐야 알겠군.'

지후는 갈무리하고 있던 내공을 끌어 올렸고 팔찌에 담아둔 내공까지 자신의 주먹으로 모으고 있었다.

엄청난 기세에 땅이 진동하고 바닥에 있던 물건들이 공중으로 떠오르기 시작했다.

이미 이성이 없는 꼭두각시들조차 지후에게 두려움을 느낄 정도로 지후가 풀어놓은 가공할 기운은 무서웠다.

"전부 시체도 찾을 수 없게 만들어 주지. 그렇다고 억울해 하지는 마. 러시아도 곧 너희를 따라갈 거야."

'천왕삼권 제 이식. 천지개벽!'

화경의 끝자락에 올라있는 지후지만 일식이 아닌 이식부터는 지금 상태로는 부담스러운 기술이었지만 이렇게라도 하지 않으면 이 분노를 풀지 못할 것만 같아 최대한 힘 조절을 하며 천왕삼권의 제 이식인 천지개벽을 행했다.

지후의 주먹이 땅을 쳤고 그 순간 반경 500m는 진공상태에 빠지며 가루가 되어가기 시작했다.

비명을 토하는 듯한 소리가 천지를 강타했고 그 곳에 있던 모든 것들은 가루가 되어 사라져갔다.

엄청난 빛 속에 하늘과 땅은 하나가 된 듯이 빛의 기둥이 생겨났고 그 기둥이 있던 곳에는 아무것도 남아있지 않았다.

지후가 최대한 컨트롤을 했기에 파장은 크진 않았다. 전국적으로 미세한 지진이 감지되었지만 피해가 생길만큼 강한 지진은 아니었다.

다만 지후의 주먹이 내려쳐진 곳을 주변은 남아 있는 것이 없었다.

끝은 알 수 없는 듯한 1km의 구멍이 생겼고 그동안 보여준 지후의 힘이 대단했지만 이번에 보여준 힘은 정말 차원이 다른 힘이었다.

지후는 아공간에서 핸드폰을 꺼내 크렘린 궁전의 좌표를 검색해 워프 했다.

내공이야 그동안 팔찌에 충분히 저장을 해 놓았기에 지금의 지후는 무한한 힘을 가지고 있는 상태였다.

내공은 현경 부럽지 않지만 현경에 오르지 못한 육체가 아쉬운 지후였다.

크렘린 궁전의 상공에 도착한 지후는 전신의 내공을 개방하며 셀 수 없이 많은 강기를 생성해 냈다.

"이, 이지후다!"

"이지후가 나타났다!"

이지후가 나타났다는 소식을 듣자 궁 안에 있던 부틴 대통령과 헌터들은 밖으로 쏟아져 나왔다.

"멈춰라! 이지후! 지금이라도 공격을 멈춘다면 우리는 합의점을 찾을 수 있다!"

"나 아직 아무 공격도 안했는데 무슨 헛소리야?"

그런데 이제 할 거야!

"그 금빛 구체들을 당장 물려라!"

"지랄하고 있네. 시작은 너희가 먼저 했잖아. 내 동생들을 납치해놓고 날 조종하려고 들더니 이제 와서 합의를 하자고? 나랑 장난 똥 때리냐?"

"이 이 건방진 놈! 네가 강하다 한들 우리 러시아와 교에 상대가 될 것 같으냐!"

'교라고? 내가 잘못 들은 게 아니지?'

"교라니? 너희 혹시 뭐 사이비 종교 그런 거였냐?"

'허. 내가 흥분해서 해선 안 될 말을 했군. 이미 들었으니 답은 하나군.'

지후의 등장은 계산에 없었던 일이었다.

자신들이 준비한 패라면 충분히 대한민국에서 일이 끝날 거라고 생각했기에 지후가 나타나자 부틴대통령의 판단력은 흐려졌다.

"모, 몰라도 된다!"

"하나만 묻지. 그 꼭두각시 약이라는 거. 그리고 혈환. 대체 누가 만든 거지?"

"너는 알 자격이 없다. 마지막으로 제안하지. 우리와 함께 할 텐가? 아니면 죽을 텐가?"

"건방지게 지금 나한테 그딴 걸 제안이라고 하는 거야? 납치를 시도한 시점에서 협상의 여지는 없는 거야."

"모든 교도들은 들어라! 당장 저 자식을 죽여라! 죽여서 시체를 내 앞으로 가지고 와!"

"네. 장로님."

'장로? 러시아 대통령이 장로라고? 그럼 대체 교주가 누구라는 거지?'

"아주 제대로 사이비 종교 집단이네."

부틴 대통령의 옆에 있던 러시아의 S급 헌터인 지르코비치는 대검을 들고는 지후에게 날아왔다.

"사이비라니! 감히 너 따위가 우리 교를 모욕해!"

'전형적인 광기에 휘둘린 미친놈 집단인데?'

지후는 지르코비치가 휘두르는 검을 피하고 복부와 얼굴에 주먹을 한 대씩 먹여주고 발을 들어 지르코비지치를 내려찍었다.

지후에게 얻어맞고 아스팔트로 추락한 지르코비치는 입가에 피를 흘리며 비틀거리며 일어나고 있었다.

쿨럭!

"강하군. 이대로라면 내가 상대가 안 되겠어. 큭큭큭. 하지만 이제부턴 네가 내 상대가 안 될 거야!"

지르코비치는 혈환을 꺼내서 먹고 있었고 그 장면을 보던 헌터들도 모두 혈환을 꺼내어 먹고 있었다.

"약에 의존하는 것들이 건방지게."

지후는 주변에 떠 있던 강기들을 모두 난사하기 시작했다. 모스크바의 시내에도 강기를 난사할 계획이었지만 민간인을 죽일 생각은 없었기에 크렘린궁전과 헌터들을 향해서만 강기를 난사하기 시작했다.

'부틴 넌 마지막이다. 듣고 싶은 얘기가 많아.'

◇

폭음 소리에 헌터들이 지후에게 공격을 시작했지만 지후는 호신강기로 모두 막아냈고 지후는 헌터들을 향해서 강기를 계속 난사했다.

강기의 비에서 살아남은 헌터들과 지르코비치는 부틴의 곁으로 몰려가 실드를 펼치고 있었다.

지르코비치와 헌터들은 혈환까지 먹었는데 공격다운 공격을 하지도 못한 채 방어만 하고 있자 부아가 치밀어 올랐지만 저 무차별적인 폭격을 뚫고 공격을 할 방법이 없었다.

한참 강기를 난사하던 지후는 전투기와 헬기가 날아오는 것을 느꼈고 그것들이 날린 미사일을 피하며 강기로 헬기와 전투기를 격추해 나갔다.

30분이 지나자 더 이상 지후를 공격하는 것들은 없었다.

지후의 폭격이 멈추자 방어에만 몰두하고 있던 헌터들은 흙먼지를 걷어내기 시작했다.

여전히 고고하게 팔짱을 낀 채로 자신들을 내려다보고 있는 지후를 보자 지르코비치와 헌터들은 이가 갈렸다.

그리고 자신들의 뒤에 있어야 할 크렘린궁이 초토화된 모습이 눈에 들어왔다.

지후의 신형은 태연하게 자신들의 바로 앞으로 착지하고 있었다.

"이 개자식!"

"왜? 시비는 너희가 먼저 걸었고. 아까 먼저 공격한 것도 거기 검 들고 설치는 새끼였잖아. 난 먼저 선빵을 때린 적이 없어. 공격을 하는데 맞아줄 수 없으니까 정당방위를 한 거지. 피하고 카운터! 멋있지? 지리지?"

"미친 또라이 새끼가! 모든 신도들은 저 미친 녀석을

죽여라!"

지르코비치와 그 곳에 있던 헌터들이 지후를 향해 핏발이 선 눈을 부라리며 달려들기 시작했다.

'전부 꼭두각시로군. 그렇지 않고는 저런 건 말이 안 되지. 혈환과 꼭두각시라⋯.'

지후의 눈에는 걷기도 힘들어 보이는 상처를 입은 헌터가 아무렇지도 않게 달려드는 모습이 들어왔다.

혈환으로 능력의 증폭을 얻었지만 지후의 강기의 비를 버텨내다 보니 멀쩡한 헌터를 찾기는 힘들었고 겉은 멀쩡해 보이는 헌터들도 방어에 마력을 사용하느라 마력이 온전치 않았다.

반면 지후는 어떤 상처도 입지 않았고 사용한 내공은 팔찌에 저장해둔 내공을 끌어오면서 이미 채운 뒤였다.

지후의 두 주먹은 금빛으로 물들었고 달려드는 헌터들을 향해 매섭게 휘둘렀다.

퍽! 퍽퍽퍽!

쾅! 쾅쾅쾅쾅!

죽어가는 신도들을 보며 지르코비치는 이를 악물며 지후에게 대검을 휘둘렀다.

"이 교활한 자식!"

쾅!

지르코비치의 대검은 지후의 주먹에 의해 막히고 있었다.

지후는 아무렇지 않게 대검을 후려치며 지르코비치의 공격을 막아냈다.

"내가 왜 교활해?"

"비겁하게 폭격을 해서 우리의 힘을 빼다니!"

"비겁하게 내 동생들을 납치해서 협박을 하다니! 이 교활한 러시아 곰들이! 내가 한 건 전술이라고 하는 거고 너희가 한 짓을 교활하고 비겁하다고 하는 거야! 그 정도 상식은 다들 갖고 있지 않아? 이건 학교를 안 다녀도 아는 사실일 것 같은데?"

"이 이새… 끼아아아악!"

지후는 지르코비치의 발에 진각을 밟았고 지후에게 발등뼈가 아작난 지르코비치는 고통에 비명을 지르고 있었다.

"약을 처먹어도 아픈 건 느끼나보네?"

지후는 바로 반대쪽 발의 정강이를 찼고 균형을 잃은 지르코비치의 관자놀이를 향해 팔꿈치로 엘보우를 찍어버렸다.

그리고 쓰러진 지르코비치의 얼굴을 싸커킥으로 차버렸다.

지르코비치는 지후의 싸커킥에 코뼈가 주저앉았고 앞니가 몽땅 날아갔다.

'내가 옥수수를 참 잘 터는데. 요즘 영 시원치 않단 말이지. 예전엔 한 번에 전부 털었는데.'

지후는 다시 지르코비치에게 다가가더니 파운딩 자세를

취하고는 주먹을 휘둘렀다.

쾅! 쾅! 쾅! 쾅! 쾅!

다섯 번의 대전차지뢰가 터지는 듯한 폭음소리가 울려 퍼졌고 지르코비치의 머리가 있어야 할 곳엔 육편과 뇌수만 있었고 머리 없는 몸만이 잠깐 동안 팔딱거리고 있었다.

지후는 손에 묻은 뇌수와 피를 털어내며 남아있는 헌터들과 부틴을 바라보며 미소 짓고 있었다.

지후의 소름끼치는 미소를 본 부틴은 당황스러웠다.

혈환으로 강해진 신도들이 너무나 무기력하게 당했기 때문이다.

"어서 저 자식을 죽여! 어서!"

지후가 자신을 바라보며 걸어오자 부틴은 신도들을 향해 다급하게 외쳤고 신도들은 지후를 향해 달려들었다.

하지만 지후의 곁으로 온 헌터들은 없었다.

순식간에 주변에 나타난 지후의 강기들은 남아있는 신도들을 쓸어버렸다.

"여! 부틴! 아니 장로라고 불러야 되나? 아무튼 이제 우리 둘만 남았네?"

부틴은 놀란 듯 뒷걸음질을 쳤지만 지후는 부틴이 가려고 하는 길목에 강기를 배치했다.

"사, 살려주게! 살려만 준다면 내가 우리 교에 받아주겠네. 세계를 지배하고 싶지 않나? 자네정도라면 개인이라도 장로 직에 앉을 수 있을 걸세."

"일단 대화를 해보자고. 그 교라는 곳이 뭔데?"

"아… 알려면… 꼭두각시 약을 먹어야 하네…."

"너 미쳤냐? 내가 그거 먹고 네 꼭두각시가 될 것 같아?"

"하지만… 우리 교의 법이 그렇…."

지후의 손바닥은 부틴의 왼뺨으로 향했다.

짝!

"이 새끼가 아직도 상황파악이 안되나 보네? 지금부터 내가 묻는 말에만 대답해. 알았지? 알았으면 고개만 끄덕여."

부틴은 다급하게 고개를 끄덕였다.

"내 동생들을 납치하려던 계획. 누구 아이디어지? 딱 보니까 우리나라에 그런 걸 계획 할 만큼 간 큰놈은 없어 보이던데. 그놈들 지키는 것도 너희 러시아 놈들이었고."

"내… 내가 그랬네…."

"이유는?"

"자네정도라면 교에서의 내 위치가 올라갈 것 같아서 그랬네."

"대체 교가 뭐지? 러시아 대통령씩이나 되는 양반이 고작 장로라니."

"마, 말할 수 없네."

"말해야 할 거야."

"절대로…."

"내가 네가 러시아 대통령이라고 눈치를 볼 것 같아? 난 남의 눈치를 보면서 쩨쩨하게 구는 사람이 아니거든. 그리고 너처럼 입을 안 여는 사람을 난 좋아해. 끝까지 열지 말아달라고."

'오랜만이네. 예전에 마교인들 고문할 때 말고는 해보질 못했는데.'

지후는 부틴에게 분근착골을 시전 했고 부틴은 30초가 지났을 때부터 살려달라며 비명을 지르고 있었다.

지후는 무시하고 계속 지켜보다가 1분이 됐을 때 분근착골을 멈췄다.

"이제 말해보실까? 아니면 계속 할까? 선택지는 두 가지야. 말을 하고 숨어살든가 말하지 말고 고문 속에 죽어가든가."

"마, 말하겠네…."

"넌 꼭두각시의 약을 안 먹었나?"

"먹었네."

"그런데 이성이 남아있네? 난 없다고 알고 있었는데?"

"중요한 사람들은 이성이 남아있을 수 있는 약으로 먹는다네… 오직 교주님의 명령만을 듣지."

'교주라….'

"너희 사이비 종교의 이름은 뭐지?"

"그냥 교라고만 부른다네."

"교?"

"그렇네."

"혈환이나 꼭두각시 약은 교에서 만든 건가?"

"그렇다네…."

"대한민국에도 교라는 것들이 있나?"

"이번 일에 연관된 자들이 전부라네."

"러시아에 있는 교는 얼마나 되지?"

"자네가 모두 죽여서 이제 나 하나 남았군…."

"교의 본부는 어디에 있지?"

"모른다네…."

"이게 어디서 이빨이야! 장로씩이나 돼서 모른다는 게 말이 되!"

"진짜 모르네. 비밀 조직으로 운영되기에 난 위치나 그런 건 모른다네."

"그런데 어떻게 넌 교에 가입을 한 거지?"

"자고 있는데 침실로 교주님이 오셨네. 그리고 약을 먹게 됐지."

"그런데 넌 알지도 못하는 장로들과의 세력싸움을 위해 나에게 약을 먹이려고 했다고?"

"다른 장로들과는 몇 번 영상으로 마주한 적은 있었네. 다들 가면을 쓰고 있어서 서로를 알 수는 없었다네. 그리고 난 12명의 장로 중 하나이자 12장로지. 교주님은 우리에게 순위를 매겼지. 교에 도움이 되는 순위를… 이 숫자가 낮을 수록 교에서 위치가 높아지지. 너를 꼭두각시로 만들면 내

순위도 바뀔 거라고 생각했지. 나 부틴이 12명의 장로 중 꼴찌라니. 러시아를 손에 쥐고 있는 내가 꼴찌라니 참을 수 없었지."

"그 순위는 올려서 뭐하게?"

"그저 교주님이 주신 약을 먹은 뒤에는 순위를 올려야 한다는 생각과 새로운 세상이 왔을 때를 위해서 세력을 키 워야 한다는 생각뿐이었네."

"교주가 누구지?"

"교주님은 알⋯."

대화를 하던 부틴의 얼굴이 갑자기 빨개지더니 발작을 하며 몸을 떨었다.

30초정도 발작을 하던 부틴은 결국 폭발을 해버렸고 지후는 순간 호신강기를 펼쳐서 부틴의 육편을 막아냈 다.

'금젠가? 알 뭐? 알려줄 수 없다고? 안 들어도 뻔하지. 근데 안 알려준다는데 금제가 발동하나? 일단 확실한 건 이런 놈들이 세상에 열한 놈이나 남아 있다는 건데⋯. 교준 가 뭔가까지 하면 열둘인가.'

부틴이 죽었지만 지후는 멈추지 않았다. 러시아의 헌터 협회를 찾아갔고 그 곳을 천왕삼권 중 제 일식인 파천으로 날려버렸다.

그 후에도 지후의 파괴적인 행동은 멈추지 않았다.

오마바에게 받은 좌표를 이용해 러시아 군의 기지를 계속

파괴해 나갔고 항공모함마저 부셔버리고서야 지후의 행동
은 멈췄다.

지후는 러시아에서는 일본에서처럼 아이템을 뜯거나 돈
을 얻어내거나 하는 짓은 하지 않았다.

이미 아공간에는 셀 수 없이 많은 돈과 금이 있었기 때문
이다.

러시아는 엄청난 피해를 입었지만 일본과는 달랐다.

러시아에는 많은 헌터와 정치인이나 군이 살아있었기 때
문이다.

그리고 아직 두 명의 S급 헌터가 살아있었다.

한명은 중국에 있어서 살 수 있었고 다른 한 명은 러시아
에 있었지만 지후가 무서워서 집밖을 나오지 않아 살 수 있
었다.

그 후 지후는 러시아를 떠나 대한민국으로 향했다.

지후는 SNS에 경고를 남겼다.

이번 일에 가담했던 모든 기업의 사옥을 날려버릴 것이
고 집도 날려버리겠다고. 살고 싶으면 알아서 도망가라
고.

대한민국 헌터협회는 지금 벌어지고 있는 일의 진실을
알렸다.

러시아는 지후가 한 일을 테러라고 했지만 먼저 지후의
가족을 납치했다는 사실이 알려져서 결국 여론의 지지를
얻지 못했다.

협회는 지후가 멈추기를 바랬지만 지후는 멈추지 않았다.

태연하게 차를 몰고 시내를 질주하며 기업들의 사옥 30개를 날렸고 워프로 전국을 이동하며 공장들도 날리고 다녔다.

그리고 기업가들의 집을 날려버렸고 그 기업의 간판을 달고 있는 건물을 계속 날려버렸다.

모든 건 꼭두각시 약에 조종되어 벌어진 일이었지만 지후는 멈추지 않았다.

지후는 파괴하고 또 파괴했다.

자신의 역린을 건드린 것들에 대한 응징과 그동안 짜증나게 했던 대한민국 국민들을 향한 지후의 분노였다.

지후의 행동이 멈출 기미가 없자 결국 채아영 협회장이 지후의 앞에 나설 수밖에 없었다.

"멈춰주세요."

"싫어."

"하지만 이대로라면 대한민국은…. 국민들은 일자리를 잃고… 북한 개발도….”

"닥쳐. 걔네들도 여태까지 자기일이 아니라고 마음대로 떠들고 다녔잖아. 나도 내 마음대로 할 거야. 힘이 있다고 참으라고 해서 참을 만큼 참았어. 그래서 나에게 남은 게 뭐지? 언제까지 뒤통수를 맞아줘야 하지?”

"하지만 대한민국은 지후씨가 살고 있는….”

"틀렸어. 난 미국으로 간다. 더 이상 무지한 것들을 지켜주는 병신 짓은 사양이야."

"하지만 미국은….."

"여기보단 똥멍청이들이 덜하겠지. 나랑 트러블을 일으킬 정도로 멍청이는 없을걸. 있어도 상관없고. 근데 걔네가 상황파악과 눈치는 빨라서."

지후는 채아영 협회장을 뿌리친 뒤에 워프를 통해 국회의사당으로 향했고 그곳을 초토화 시킨 후 자신의 박물관에 들려서 모든 걸 챙기는 치밀함까지 보인 후에 청와대를 날려버렸다. 그게 끝인 줄 알았지만 그는 멈추지 않는 폭주기관차였다. 마지막으로 그동안 짜증나게 했던 언론사와 방송사의 건물들을 모두 붕괴시키고 나서야 지후는 워프를 통해 미국으로 사라졌다.

지후가 미친 듯이 날뛰며 파괴활동을 이어갔지만 지후를 말리는 헌터도 군인도 없었다.

다들 지후의 파괴활동이 빨리 멈추기만을 기도했을 뿐이었다.

지후가 대한민국을 떠나 미국으로 갔다는 사실이 알려졌고 대한민국에 투자한 외국인 투자자들은 발 빠르게 자금을 뺏고 대한민국은 더 이상 세계에서 가장 안전한 나라가 아니었기에 부동산은 빠르게 추락했다.

경제는 파탄에 이르고 있었고 나라의 틀조차 유지하기 힘들었지만 대한민국을 이끌던 대부분의 사람들이 지후에게 죽음을 당했기에 이 상황을 헤쳐 나갈 사람이 없었다.

정치인과 대한민국을 이끈다는 대기업 경제인 80%를 잃어버린 엄청난 참사였다.

다행이라면 민간인들의 피해가 거의 없다는 점이고 불행이라면 민간인들이 일자리를 많이 잃었다는 점이었다.

지난 번 지후와 대한민국의 트러블이 있었을 때와는 전혀 다른 흐름이었다.

그 때는 어느 정도 살아남은 세력이 있었지만 이번엔 그렇지 못했고 살아남은 중견기업들은 괜히 나서서 피를 보고 싶지 않았기에 나서지 않았다.

물론 지후는 자신의 박물관에 들려서 모든 걸 챙기는 치밀함까지 보이며 대한민국을 떠났다.

세계는 대한민국이 10년에서 20년은 퇴보했다며 이 현상을 보고 이지후 버블이라고 불렀다.

23. S급 몬스터

23. S급 몬스터

"오늘부터 지후님의 미국 활동을 도울 폴이라고 합니
다."

"그래? 난 너한테 월급 줄 생각 없는데? 너를 부른 적도
없고."

"오마바 대통령님께서 친구 분이 불편하시지 않도록 모
시라며 보내셨습니다. 앞으로 미국에서 생활하시는데 불편
함이 없도록 저를 부리시면 됩니다. 월급도 미국에서 받으
니 걱정하지 않으셔도 됩니다."

폴은 20대 후반에서 30대 초반정도 되어 보이는 외모에
댄디한 모습이었다.

"그래? 그럼 일단 갈비찜 좀 갖고 와. 배고프다."

"네?"

"내가 두 번 말하는 걸 굉장히 싫어해. 1시간 준다. 무능하면 나랑 같이 일 못해."

'갈비찜이라니…. 내가 그런 심부름을 할 사람이 아닌데….'

오바마 대통령의 신임도 얻고 한참 승승장구를 하고 있던 폴에게 이지후는 황금의 에스컬레이터라고 생각했지만 얼마 지나지 않아 자신이 똥을 밟았다는 사실을 알게 되었다.

자신이 생각했던 황금 밭은 빠져나올 수 없는 늪이었던 것이다.

"네…."

폴은 겨우겨우 한인 타운에서 갈비찜을 하는 곳을 찾아 전화로 주문하고 요원들을 보냈다.

그 후 차량 통행까지 해서 겨우겨우 1시간 안에 지후에게 갈비찜을 대령할 수 있었다.

"갈비찜이 좀 짜네."

'그게 얼마나 힘들게 구해온 건데…. 짜다면서 뭐 그렇게 잘 드십니까!'

지후는 갈비찜을 다 먹고 나서야 폴과 대화를 나눴다.

"우리 가족은 어디에 있지?"

"비버리힐스 저택에 모여 계십니다."

"그래? 뉴욕으로 오기를 잘했네."

'그게 먼 소리야? 가족들이 거기에 있다는데.'

"네? 가족들은 LA에 계십니다만."

"응. 알아들었어. 거기로 바로 갔으면 지금쯤 난 욕먹느라 정신없었을 걸? 화가 좀 가라앉으면 만나야지."

"한국말에 매도 먼저 맞는 게 낫다는 말이 있지 않습니까?"

"그런 말은 어디서 들었어?"

"언젠가 지후님이 미국에 오시거나 방문을 하시면 제가 담당하기로 내정이 되면서부터 한국어를 배웠습니다."

"그거 잘못된 말이야. 매는 먼저 맞는 것보다 늦게 맞는 게 덜 아파. 원래 먼저 맞는 게 제일 아파. 갈수록 힘이 빠져서 덜 아프지. 그 정도는 상식 아닌가? 그리고 비슷한 말로 피할 수 없으면 즐기라는 말이 있는데 피할 수 없어도 최대한 피해야지. 피할 수 없는 상황이 즐길만한 상황은 아닐 텐데 뭘 즐겨. 또라이도 아니고."

'이 사람은 대체….'

"하지만 가족…."

"가 족가튼 소리하네."

"네?"

뭐 못 알아들었으면 됐고.

"일단 뭔가 하는 시늉이라도 하고 가야 늦은 이유를 대겠지?"

"네?"

"말을 하면 한 번에 척척 알아들을 수가 없어? 오마바 주변에 인물이 없는 거야? 네가 멍청한 거야? 에이 쯔쯧."

지후는 세 사람이 없자 갈굴 대상이 없어서 심심했는데 폴이 나타남으로서 지후의 갈굼을 받을 상대가 생겼다. 역시 사람은 다른 사람을 갈궈야 스트레스를 안 받고 살 수 있는 것이었다.

그 후 지후에게 받은 갈굼을 폴은 다른 요원들에게 풀기 시작했고 내리 갈굼이 시작되었다.

"죄송합니다."

'알아들을 수 있게 말을 해야 알아듣지!

"일단 박물관 하나 짓자."

"네? 아 아니… 어디에 지을까요? 규모는 어떻게?"

"한국에 내가 박물관을 하나 가지고 있었어. 거기에 전부 내 물건이 있었거든. 그거 다 들고 왔으니까 그 정도 크기면 되. 인터넷 검색하면 나오니까 알아서 해. 관리는 한국이 했던 방식대로 하면 되."

인터넷을 검색해 본 폴은 경악했다. 개인 박물관의 크기가 아니었다. 어마어마한 크기였고 그걸 한국정부가 전부 부담했었고 보안까지 전부 책임졌다.

지후는 그걸 전부 미국정부에게 떠넘겼다.

폴은 이지후를 보며 이를 갈았지만 부럽기도 했다.

귀찮은 건 뭐든 떠넘길 수 있는 능력을 가진 남자가.

이상한 쪽으로 존경심을 갖기 시작하는 폴이었다.

그렇게 지후를 동경하기 시작한 폴은 자신의 부하들에게 일을 떠넘기기 시작했다.

2주가 흘렀고 지후는 뉴욕 저택에서 전설대전의 세계에 빠져 있었다.

폴은 1년 전부터 지후를 위해 미국에서 준비한 인사였기에 한국어와 전설대전을 공부했었고 지후는 폴의 전설대전 실력을 보고 매우 흡족해 했다.

지후가 폴을 처음으로 쓸 만한 인간으로 인식하며 마음을 여는 순간이었다.

그렇게 폴은 지후의 집에서 숙식을 해결하며 지후와 함께 폐인의 생활을 하게 됐다.

그리고 지후는 역시 미국이나 대한민국이나 사람 사는 곳은 똑같다는 생각을 하게 되었다.

'미국 서버도 서로 부모님 안부를 묻는 건 똑같구나…'

한편 대한민국은 이지후로 인해서 몸살을 앓고 있었다.

지후의 미국행은 전 세계 언론을 강타했고 한국은 지후의 버블 효과를 실감할 수 있었다.

지후의 파괴행각으로 인해서 나라꼴도 엉망이었지만 지후가 대한민국을 떠나자 경제도 개판이 되어가고 있었다.

외국인 투자자는 모조리 빠져나가고 하늘 높은지 모르고 치솟던 부동산 가격은 반의 반 토막을 넘어서 지저세계로 계속 내려가고 있었다.

대한민국은 더 이상 세계에서 가장 안전한 국가가 아니었다. 단숨에 8위권 밖으로 떨어졌고 경제 순위도 곤두박질치게 되었다.

지후의 파괴적인 행동과 잔혹한 손속에 분노했지만 국민들은 역시 돈이 최고였다.

너무나 많은 사람들이 일자리를 잃었고 북한의 개발은 올 스톱이 되었다.

끝없이 올라가던 주가에 샀던 주식과 대출까지 받아가며 샀던 집은 휴지조각이 되어가고 있었다.

상황이 이렇게 되자 사람들은 이제야 이지후에게 자신들이 그동안 얼마나 많은 것을 받고 있었는지 알 수 있었고 그의 존재 자체가 애국이었고 안전이었다는 사실을 알 수 있었다.

사람들은 EASY그룹과 미라클 길드 앞으로 가서 다 잘못했으니 제발 대한민국으로 돌아와 달라며 시위 아닌 시위를 하였다.

이지그룹과 미라클 길드는 묵묵부답이었고 며칠이 흐르자 뉴스를 통해 국민들은 절망적인 소식을 듣게 되었다.

이미 미국에 EZ 그룹으로 현지인을 내세워 반 년 전부터 사업을 하고 있었다는 것이었다.

그리고 그곳은 대한민국에서 하던 사업은 상상도 할 수 없을 정도로 잘 되고 있었고 이미 미국과 영국에서 마정석이나 아이템 분야에서는 다섯 손가락 안에 들어가는 위치에 올라 입지를 다진 상태였던 것이다.

그리고 미국에만 선물로 받은 대저택 세 곳이 있었고 영국에서 윈저 성을 선물을 했다는 사실을 알 수 있었다.

설상가상으로 미라클 길드도 이전을 할 수 있다는 유언비어가 솔솔 나오고 있었고 국민들은 미라클 길드마저 떠난다면 대한민국의 헌터전력이 상당히 퇴보한다며 그것만은 막아야 한다며 미라클 길드에 호의적인 여론을 형성하기 시작했다.

다른 나라는 서로 이지후를 모시려고 했는데 정작 같은 나라 사람들은 이지후를 깎아 내릴 구실만 찾았다는 사실에 이제와 후회를 했지만 이미 막차는 떠난 상태였다.

◇

지후의 폐인 소식은 가족에게 알려졌고 아영과 소영은 지후를 끌고 가기 위해 지후의 뉴욕 저택에 찾아왔다.

결국 지후는 아영과 소영에게 양쪽 팔을 내준 채로 비행기로 끌려갔다.

'볼륨감이 제법인데? 아… 느끼면 안 되는데… 자꾸 내 팔꿈치에… 역시 이 느낌이 너무… 젠장 지금은 남자답게 바로 설 때가 아니야. 얘네는 애기들이야. 동해물과 백두산이~'

지후의 저택들에는 비행기 착륙장과 헬기 착륙장이 있었기에 지후는 공항을 거치지 않고 비행기로 빠르게 LA로 끌려갔다.

비버리힐스의 저택에 도착한 지후는 고개를 숙인 채로 한참동안 잔소리를 듣고 있었다.

지후는 지루한 잔소리가 이어지자 머릿속으로는 전설대전 생각을 하며 잔소리를 버텨냈다.

"그래서 이제 어쩌게? 우리 다 너 따라 미국에 왔는데 어쩔 거야?"

"응?"

"너 여태 엄마가 하는 말 듣기는 했니?!"

"응. 다 들었지."

"뭐라고 했는데?"

"그게 그러니까…."

지후는 결국 엄마에게 등짝 스매시를 맞았다.

그 후 다시 잔소리 폭풍이 이어졌고 지후는 대충 듣는 시늉을 할 수밖에 없었다.

"어떻게 하긴 뭘 어떻게 해. 그냥 살던 데로 사는 거지. 내가 통역반지도 다 하나씩 챙겨줬잖아. 언어도 문제없는데 그냥 살던 데로 살아. 뭐 필요한 거 있으면 저기 있는 폴한테 시켜. 심부름 잘 해."

'네? 제가 언제부터 심부름꾼이… 그래 까라면 까야지….'

어차피 폴은 또 다른 심부름꾼들을 시키면 됐다.

"그게 무슨 무책임한 말이야! 너만 믿고 미국으로 온 우리는?"

"그럼 영국으로 가던가. 뭐 아무튼. 언어도 문제없는데 뭐가 문제라는 거야. 요즘 일부러 유학 보내고 이민 가는 세상에 쌍둥이한테 나쁠 게 뭐가 있어? 여기서 학교 다니고 하면 되지. 그리고 지수는… 뭐 헐리웃 진출을 해도 되고 아니면 뭐 결혼을 해도 되고 그것도 아니면 알아서 하라 그래. 성인인데. 그리고 지현이 누나는 출가외인이잖아. 내가 그것까지 왜 신경 써?"

"뭐 그것! 너 지금 누나한테!"

"누나는 한국으로 돌아가서 매형이랑 미라클 길드를 잘 운영하던가. 다 데리고 미국으로 옮기든가 알아서 해. 그리고 아빠 사업은 오히려 대한민국보다 여기가 훨씬 규모가 크잖아. 돈도 잘 벌고 글로벌 기업의 회장님 소리도 듣고 좋잖아."

"그래도 엄마가 이번에 교회에서 권사님이 됐다고 얼마나 좋아했는데!"

"뭐? 권사?! 난 권왕인데! 역시 우리 집안이."

"뭔 소리 하는 거야?"

"아 교회? 근데 요즘은 교회에서도 주먹질 해?"

"너 미쳤냐! 너 대체 엄마한테 무슨 말을 하는 거야?"

"미안…."

'난 권사가 그 권사인지 몰랐지. 괜히 내 별호만 말했네.'

지후의 엄마는 딱히 할 말이 없었다.

아들이 대한민국에서 너무 엄청난 짓을 저질러서 따끔하게 한 마디를 하려고 했는데 가족들에겐 나쁠 건 없는 결과물이었기 때문이다.

다만 과정은 워낙 안 좋았기에 잔소리를 하기는 했는데 더 뭐라고 할 만한 말은 없었기에 더 이상의 대화는 없었다.

어느새 자리는 파했고 지후와 세 사람만이 남게 되었다.

"근데 형님. 왜 미국으로 오신 겁니까? 저희 영국도 있는데."

"솔직히 말해줘?"

"네."

"대한민국에 경각심도 심어주고 좋잖아. 그리고 다들 착각을 하고 있는데. 솔직히 말해서 이제 세계가 내 집이지. 살다보면 옆 동네로 이사를 가기도 하고 지방으로 이사를 가기도 하잖아. 그거랑 똑같아. 피부색 말고 뭐가 달라? 아이템으로 언어도 해결되고 어디든 마음먹으면 몇 초면 갈 수 있는 세상인데. 워프가 폼은 아니잖아. 그냥 유유자적 돌아다니면서 사는 거지."

"그럼 왜 미국인데요? 영국도 있잖아요."

"그렇긴 한데. 영국으로 갔으면 너한테 부담 됐을 걸?"

"지금 미국을 봐. 얼마나 호의적이야. 언론통제까지 알아서 하고 있잖아. 오래가지는 않겠지만 지금은 뒤처리도 잘하고 있고 당분간이라도 마음 편하면 좋잖아. 내가 영국으로 갔으면 이걸 다 너희나라에서 해야 했을 텐데. 솔직히 너나 가족들한텐 부담스러웠을걸."

"생각해보니까 그것도 그러네요."

윌슨은 지후가 자신을 이토록 생각해 준다는 사실에 기분이 좋았다.

사실 지후는 거기까지 생각을 한 건 아니었다.

지후는 그냥 일을 시키면 잘 해결하는 오마바를 더 이용하기 위해 왔을 뿐이었다.

◇

"그런데 형님. 요즘 세계적으로 테러조직이 심상치 않던데 그건 어떻게 하실 생각이세요?"

"그걸 왜 나한테 물어봐? 영국에 피해라도 생겼어? 지금 말하는 게 그 디스트로인가 뭔가 말하는 거지? 예전에 뉴스로 봤던?"

"네. 일 년 전부터 무섭게 세력을 확장하더니 지금은 세계적인 테러조직이에요."

"신경 꺼. 우리랑 무슨 상관이야."

"하지만…."

"걔네 요즘 나보다 잘 나가던 것 같은데."

"잘 나간다뇨?"

"완전 거침없잖아. 보이는 건 다 때려 부수고. 나도 좀 배워야 하는데. 옛날엔 안 그랬는데 나도 요즘은 가끔 눈치를 보게 돼서."

지후는 정말 부럽다는 듯이 말을 하고 있었고 그걸 보는 세 사람은 기가 막혔다.

'대체 지후씨가 언제 눈치를 봤어요!'

듣고 있던 아영은 목구멍까지 이 말이 차올랐지만 겨우 참아냈다.

"지후씨. 하지만 디스트로이는 테러리스트들이잖아요."

"그렇긴 한데 거침없는 모습을 보니까 좀 부러워서."

'부러울 게 따로 있지. 제발 부러워 할 걸 부러워하세요!'

"그들은 민간인들도 가리지 않고 학살하고 있어요."

'나도 민간인은 웬만하면 안 건드리는데….'

"걔네는 그러는 이유가 뭔데?"

"이유는 몰라요. 누굴 풀어달라거나 돈을 요구하는 것도 아니고 그냥 테러만 하고 있어요. 일단 예고를 하고 테러를 하는데 제대로 막지를 못하니 그들은 더 부각되고 정부들은 무능해지고 있는 현실이죠."

'아무 이유 없이 오직 목적은 테러다? 든든한 스폰서가 있다는 건데. 테러도 다 돈이 들어가니까.'

"제법이네."

"제법은 무슨! 제발 상식적으로 생각을! 이럴 땐 위험하니까 내가 나서서 막아야 겠다거나!"

"나랑 무슨 상관이야. 나한테 무슨 피해를 줬다고."

"조금만 더 지나면 지후씨한테도 좋지 않을 수도 있어요. 당장 문제라면 저들이 점점 더 대담해 지고 있다는 점이에요. SNS를 통해서 사람들을 모집하는데 엄청난 수가 몰리고 있대요."

"테러조직이 사람들을 모집하는데 사람들이 가? 왜?"

"자기들 조직에 가입하면 무능력자도 능력자로 만들어 준다고 홍보하고 있어요. 실제로 그 사례들을 홍보영상으로 사용하고 있고요."

'일반인을 헌터로?'

"능력은 어떤데?"

"잘은 모르겠어요. 그런데 다 2세대 헌터들이라는 점이에요. 이제는 조직 전체로 봤을 땐 한 국가의 무력과 맞먹는다는 소문도 있는데 실체가 정확하게 파악이 안돼서 자세히는 몰라요."

"2세대 헌터가 그렇게 막 찍어낼 수 있는 게 아닌데."

"아무튼 그래서인지 많은 사람들이 그쪽으로 몰리고 있어요. 거기엔 지후씨 영향도 없지는 않아요."

"내가 왜?"

"솔직히 지후씨나 테러리스트나 한 끗 차이잖아요. 명분이 있고 없고의 차이죠. 사람들은 거기에 들어가면 지후씨처럼 거침없이 살 수 있다고 생각하고 있어요. 같은 2세대라는 점과 그들이 하는 거침없는 테러를 보면서."

"……."

'나도 거기나 들어갈까? 아니지. 남 밑에 들어갈 수는 없으니까 나도 테러조직이나…. 가족들 때문에 안 되겠네. 근데 듣고 나니까 엄청 찝찝한 기분이 드네. 전설대전으로 마음을 비워야겠어. 괜히 쓸데없는 소리나 들어가지고.'

어느덧 지후의 가족이 미국에 정착한 지도 세 달이 흘렀고 그 사이 가족들은 단체로 영국으로 여행도 다녀왔다.

이제는 지후의 집이 된 원저성은 최신식으로 아주 깔끔하게 수리되어 있었고 정원은 마치 영화 속의 한 장면을 연상케 했다.

여왕의 초대에 의한 식사자리는 갑자기 상견례자리로 변했고 많은 대화가 오갔지만 아직은 시기상조라며 지후가 급진전하는 상황에 브레이크를 걸었다.

아무리 가족식사의 자리였지만 지후는 몬스터 공주가 식사자리에 나와 있자 기분이 좋지 않았다.

공주는 여전히 착각 속에서 지후에게 추파를 던졌고 지후는 기분이 상당히 언짢았다.

'어디 몬스터가 사람들 식사 자리에.'

월슨만이 지후가 브레이크를 건 이유가 자신의 누이 때문이라는 것을 눈치 챘고 다음부터는 지후가 있는 자리에 누나를 대동하지 않았다.

지후는 출신성분이나 돈, 명예, 권력 그런 것에는 선경 쓰지 않는다. 모두에게 공평하다. 남녀평등을 주장하며 여자를 때릴 때도 손에 사정을 두지 않는 것이 지후였다. 다만 한 가지 차별만이 존재했는데 남녀를 가리지 않고 못생긴 것들에겐 자비를 두지 않는 게 지후라는 사실을 지후와 생활하며 깨달은 월슨이었다.

그렇기에 지후가 보기에 자신의 누이는 악이라는 생각을 하는 월슨이었고 누이와 영국의 안녕을 위해서라도 앞으로 지후와의 만남에는 누이를 부르지 않겠다고 다짐하는 월슨이었다.

그 다짐으로 인해서 월슨은 훗날 자신의 결혼식에도 누이를 부르지 않았다.

아니, 오지 못 하도록 왕실기사단이 공주의 처소를 지켰다.

그렇게 영국에서 돌아오고 한가한 잉여생활을 보내고 있던 지후에게 엄청난 소식이 들려왔다.

폴은 매일 지후의 옆에서 수염을 기르고 풀어헤친 와이셔츠 차림으로 지후와 잉여생활을 함께 했었는데 오늘은 오랜만에 넥타이까지 제대로 갖추고 수염도 말끔하게 정리한

멀쩡한 상태로 나타났다.

"지후님. 큰 일 났습니다."

"왜 호들갑이야? 지금 한참 게임 중이잖아. 이번 게임 끝나면 얘기해."

"지금 게임이 중요한 게 아닙니다."

"중요해. 두 번 말하게 하지 마라."

'인간아! 지금 무슨 일이 벌어졌는데 게임 질이야! 상황 파악은 좀 해야지!'

폴은 이 말을 겨우 속으로 참아냈지만 지후가 다시 모니터에 집중하자 다급한 마음이 드는 것은 어쩔 수 없었다. 자칫 잘못하면 최악의 상황을 생각해야 할 일이 벌어졌기 때문이다.

"네…."

지후가 게임이 끝나고 다시 게임을 시작하려 하자 폴은 지후의 모니터 앞을 다급하게 막아섰다.

"지후님. 지금 게임을 할 때가 아닙니다!"

"대체 무슨 일이기에 아까부터 쪼잘쪼잘 방해야."

"S급 던전이 나타났습니다."

"그런데?"

지후는 아직도 게임에 정신이 팔려있어서 상황을 제대로 파악하지 않았다.

"지후님. S급 던전 입니다. S급 던전!"

"그래 그래~ 근데 너 지금 나한테 신경질 낸 거냐?"

'잠깐 S급 던전이라고?'

"S급입니다. A급이나 공명던전이 아니고 S급 말입니다."

다시 듣자 지후도 상황의 심각함을 느끼고 뒤로 젖히고 앉아 있던 의자를 바로했다.

"그러니까 S급 던전이라고?"

"네."

"상황은?"

"던전이 나타남과 동시에 한시간만에 웨이브가 터졌습니다…."

그 여유가 넘치는 지후조차 당황한 듯 의자에서 엉덩이를 살짝 들썩였다.

'S급이면 어느 정도지? 내 예상대로 나랑 비슷할까? 설마 웨이브가 일어났다고 S급이 S+ 급은 아니겠지? 그럼 진짜 나도 힘들어 지는데….'

"그 후엔?"

"주변 던전을 돌아다니며 웨이브를 일으키고 있습니다. 그런데 특이한 점은 웨이브를 일으킨 후에 자신의 던전으로 데리고 들어갑니다. 그리고 들어간 몬스터들은 다시 나오지 않고 있습니다."

'군대라도 양성하나?'

"보스몬스터는 다시 나오고?"

"네. 다른 던전을 가서 몬스터를 데리고 자신의 던전으로 향하고 이걸 반복하고 있습니다."

"보스몬스터는 어떤 놈인데?"

"그게 지난번의 준S급과 비슷한 외형이긴 한데…. 날개가 있습니다. 저희는 코드네임을 다크나이트라고 지었습니다."

'다크나이트라….'

"다른 활동은? 그 자식이 나타 난지 얼마나 됐지?"

"아직까진 특별히 사상자를 내거나 하는 일은 없었습니다. 이게 멕시코에 처음 나타나서 저희도 정보를 늦게 알았습니다. 멕시코 정부의 말로는 S급 던전이 나타 난지 28시간정도가 지난 것 같다고…."

지후는 바로 세 사람을 소집했고 이 소식을 접한 세 사람은 각자의 지인들에게 이 소식을 알렸다.

윌슨은 영국에 아영은 대한민국 헌터협회에 소영은 대한민국으로 돌아간 지현에게 이 사실을 알렸다.

1시간 정도가 지나자 오마바 대통령은 기자회견을 통해 S급 던전의 등장 사실을 알렸다.

다들 놀랐지만 지후가 있는 미국의 국민들은 대체로 안심했다.

세계최강의 헌터가 자국에 머물고 있었기 때문이다.

미국은 지후 덕에 요즘 큰 이익을 얻고 있었다.

지후가 나타나기 전은 미국이 세계에서 가장 안전한 나라라고 알려졌었지만 지후가 나타난 후에는 한국이 세계에서 가장 안전한 나라라는 타이틀을 가져갔었던 것이다.

미국은 지후가 자국에 머물게 되면서 잃어 버렸던 세계에서 가장 안전한 나라라는 타이틀을 되찾아 올 수 있었고 영국은 세계에서 두 번째로 안전한 나라라는 타이틀을 얻었다.

그 덕에 경제효과를 톡톡히 보고 부동산 상승으로 인해서 국민들은 행복해 했다.

상황을 지켜보며 하루가 지나자 폴은 다시 지후에게 다급하게 찾아왔다.

"또 왜? 뭔 일이라도 났어? 다크나이트가 깽판이라도 쳐?"

"그 그것보다 심각합니다."

'어떻게 해야 보스몬스터가 깽판을 치는 것보다 심각할 수 있는데?'

"뭔 일인데?"

"S급 던전이 이동하고 있습니다."

"이동이라고?"

"네."

"어디로?"

"멕시코를 지나쳐 샌디에이고에 들어왔습니다."

그때 폴의 전화기가 울렸고 액정을 확인한 폴은 다급하게 전화를 받았다.

그리고 몇 마디를 나누더니 지후에게 전화기를 넘겨주었다.

[친구 부탁이네. 미국을 도와주게.]

전화는 오마바대통령의 전화였고 오마바대통령은 지후에게 사정을 해야 하는 입장이다 보니 지후에게 다이렉트로 전화를 걸지 않고 폴에게 전화를 걸어 한 단계 거치며 전화를 거는 예의를 차리고 있었다.

"나 미국인 아닌데?"

[원하는 게 있다면 말해보게. 뭐든 들어주겠네.]

'원하는 거라… 딱히 없는데…. 그런데 그냥 싸우면 손해 보는 느낌인데….'

"글쎄… 딱히 생각나는 게 없네?"

오마바 대통령은 한숨이 나왔다. 이런 경우가 가장 협상을 하기가 어렵다.

상대는 이제 얼마가 있는지 측정을 할 수 없을 정도의 부자였고 욕심조차 별로 없었기 때문이다.

[일단. 자네 부모님이나 가족들의 모든 세금도 면제를 해주도록 하겠네. 아버님의 회사 또한 마찬가지네.]

'오! 나쁘진 않네. 그런데… 뭔가 대단하게 느껴지지는 않네. 그렇다고 보고만 있을 수는 없지. 어제부터 내 감각이 불길하다고 외치고 있거든. 피할 수는 없겠지.'

"조금 부족한 것 같지 않아? 뭐 그런데 친구 좋다는 게 뭐겠어. 내가 거들어 줄게."

[정말 정말 고맙네. 이번에 미국에서 개발한 신무기들도 곧 투입될 걸세.]

오마바 대통령은 지후가 앞에 있다면 절이라도 할 듯한 목소리로 계속 지후에게 고맙다는 말을 되풀이 했다.

사실 지후도 이 더럽고 불길한 감각이 들지 않았다면 무시했을 지도 몰랐다.

하지만 이런 기분이 들 때 무시를 하면 큰일이 벌어진다는 사실은 지후도 알고 있었다.

이 감각을 무시했다가 무림에서 자신의 가족이 피를 흘리고 죽어가는 것을 봐야 했으니까.

"그래서 현재 상황은?"

[군이 이동 중인 던전을 향해 미사일을 쐈다네. 그랬더니 던전에서 몬스터가 쏟아져 나오더군. 지금 샌디에이고에 군과 헌터들을 급파해서 막고 있다네. 하지만 언제까지 막을 수 있을지는 모르네.]

'역시 자신의 군대를 저장하고 있던 건가? 던전을 자가용으로 쓰고 있는 건가? 움직이는 요새라… 항공모함보다 훨씬 위력적이네.'

"좌표를 문자로 보내. 바로 이동하지."

[꼭 부탁하네. 미국을 지켜주게.]

'너희가 정말 세계 평화를 지킨다던 미국이 맞냐? 나한테 그렇게 자기들 나라를 지켜달라고 해도 되? 난 엄밀히 말하면 외국인이고 이방인이라서 목숨 걸고 지킬 생각은 없는데. S급일지 S+일지 모르는 상태에서는 나도 힘들지도 모른단 말이지.'

◇

어느덧 지후와 세 사람은 미군과 미국의 헌터들이 전투 중인 전장에 도착해 상황을 지켜보고 있었다.

"반갑습니다. 이번 작전을 지휘중인 라이언 대령입니다."

"네. 지금 상황도 안 좋아 보이는데 인사는 대충 생략하죠."

어떻게 보면 건방져 보일수도 있었지만 라이언 대령은 전혀 기분 나빠 하지 않았다.

오히려 이 상황에 그런 격식을 따지지 않고 상황을 먼저 살피는 모습에 호감이 생겼다.

"지휘는 지후님께서 직접 하시겠습니까?"

"아니요. 저는 그냥 대령님한테만 전달할 테니 대령님이 알아서 통제해주세요. 괜히 제가 지휘해봤자 혼란만 생겨요. 하던 사람이 계속하는 게 맞죠."

"네 그렇게 하겠습니다."

"지금 현재 샌디에이고를 향하던 S급 던전은 이동을 멈춘 상태입니다. 다만 거기서 몬스터들이 쏟아져 나오고 있어서 지금 전투에 돌입한 상태입니다."

"S급 몬스터는요?"

"아직 던전 밖으로 나오지 않았습니다."

"오바마 대통령이 신무기에 대해서 말하던데 신무기는

뭐죠?"

"몬스터의 사체와 마정석을 이용해 만든 미사일과 지뢰입니다."

"그럼 일단 무기 성능부터 확인하죠. 그래야 작전을 짜던가 하죠."

"네."

"모두 나눠준 지뢰의 타이머를 3분으로 맞추고 던지면서 후퇴한다."

"네."

"지뢰에 타이머가 있나요?"

"네. 아무래도 폭발력이 너무 강해서 밟으면 터지는 방식이 아니라 타이머 형식으로 만들었습니다. 아직 완성품이 아니라 시험단계라서 폭발력 조절이 계량 되면 기존 지뢰 방식으로 만들어지지 않을까 생각합니다."

'그렇게 자세하게 알고 싶었던 건 아닌데. 이 아저씨 엄청 말 많네.'

콰콰콰콰콰콰쾅!

3분이 흐르자 지뢰들이 일제히 터지기 시작했고 몬스터들의 육편이 하늘로 튀어 오르고 있었다.

'생각보다 쓸모 있는데?'

"미사일은 준비 됐습니까?"

"네. 명령만 하시면 언제든 발사할 수 있습니다."

"그럼 지금 쏘세요. 지뢰가 저 정도면 지금 밖에 있는 몬스터는 쓸어버리겠네."

라이언대령은 바로 마정석 미사일의 발사를 명했고 하늘엔 날아오는 미사일들이 마치 새떼가 날아오는 것만 같은 그림을 그렸다.

쾅아아아아아아아앙!

번쩍하는 빛과 함께 엄청난 폭음이 들렸고 마치 핵폭발이라도 일어난 것처럼 버섯구름이 피어났다.

그 후 엄청난 충격파가 밀려왔고 다들 충격파에 휩쓸리지 않기 위해 애를 쓰며 실드를 펼쳤다.

흙먼지가 걷히자 엄청난 크레이터가 들어났고 던전의 밖으로 나와 있던 몬스터들이 대부분 죽어있었다.

'이야 엄청난데? 이런 무기라니… 앞으로 헌터가 필요 없어지는 거 아니야?'

"이거 혹시 방사능이나 그런 건 없죠?"

"네. 마정석을 이용한 거라 인체에 무해하며 방사능 같은 건 전혀 없습니다."

크아아아악!

다들 신무기의 위력에 감탄을 하는 사이 던전에선 몬스터들이 악을 쓰며 튀어나오고 있었다.

"아까보다 훨씬 많은 것 같은데요?"

"그 그런 것 같습니다. 그동안 집계한 자료를 봤을 땐 아마 던전 안에 있던 몬스터들이 다 나온 것 같습니다."

"남아있는 미사일이나 지뢰는요?"

"지뢰는 100개, 미사일은 5발이 남아있습니다."

'아니 이양반아…. 무슨 그것밖에 안남아 있어? 그럼 아까 적당히 했어야지. 아까 쏜 미사일만 해도 20발은 되는 것 같던데….'

"일단 모든 지뢰를 3분으로 타이머를 맞춰서 제 앞에 갖다 줘요."

"알겠습니다."

지후의 앞에는 3분으로 타이머가 맞춰진 지뢰들이 놓여 있었고 지후는 허공섭물로 지뢰들을 몬스터들 사이사이로 배치했다.

지후가 막 지뢰들의 배치를 끝냈을 때 3분이 다 되었는지 일제히 지뢰들이 폭발하기 시작했고 지뢰의 폭발소리와 몬스터들의 비명소리가 협주곡을 연주하기 시작했다.

이번에 던전에서 나온 몬스터들은 꽤나 강력한지 생각보단 피해가 적었다.

지뢰가 터질 때 몬스터들은 트롤과 오우거들을 방패로 삼으며 피했고 그러지 못한 몬스터들도 최대한 지뢰들을 피해서 10분의 1의 몬스터도 죽지 않았다.

상처를 입은 몬스터는 많았지만 대부분의 몬스터가 살아 있었고 오크주술사나 트롤주술사들이 상처 입은 몬스터들을 회복시키고 있었다.

'아무래도 저놈들을 지휘하는 보스가 그동안 놈들이랑은 급이 다른 것 같은데. 지뢰에 대해 빠르게 파악하고

대처하는 걸 봐서는 아까 우리가 죽인 몬스터들은 버리는 카드였다는 건데.'

미군과 헌터들은 별다른 피해를 입지 않은 몬스터들을 보면서 등줄기가 축축하게 젖기 시작했다.

방금 전까지는 무기가 통하는 것 같아서 기세 등등 했지만 믿고 있던 무기가 통하지 않자 긴장이 되었기 때문이다.

"지후님… 이제 어떻게?"

지휘를 하고 있는 라이언 대령은 그래선 안됐지만 믿었던 신무기가 통하지 않자 당황해 지후에게 방법을 묻고 있었다.

"그걸 왜 나한테 물어요. 지휘는 대령님이 하는 건데. 당황하지 말고 정신 차리세요."

그 순간 던전에서는 칠흑 같은 금속 갑옷을 입고 있는 한 인영이 나오고 있었다.

저벅 저벅.

꽤나 먼 거리에도 한 걸음씩 내딛을 때마다 금속음이 들리는 듯한 긴장감에 전장에 가득했다.

던전에서 나온 것은 바로 S급 몬스터이자 다크나이트라고 이름을 붙인 보스몬스터였다.

보스몬스터는 허리에 있는 검 집에서 검을 뽑아 들더니 정면을 향해 휘둘렀다.

그 한 번의 휘두름에 검의 직선 방향에 있던 군인들과 헌터들은 아무것도 하지 못한 채 절명했다.

그것을 신호로 몬스터들은 기합을 내지르며 미군과 헌터들이 몰려있는 곳을 향해 달려왔다.

다행이라면 보스몬스터는 검을 한 번 휘두른 후 그 자리에서 움직이지 않았다.

크아아아아악!

순식간에 덮쳐 온 몬스터들로 인해서 전장은 아수라장으로 변해갔다.

"모두 정신 차려!"

지후의 고함에 헌터들은 무기를 바로 쥐고 몬스터들과 응수해 나갔다.

"라이언! 정신 차리고 지휘해! 아영, 소영, 윌슨은 힘들어 보이는 쪽을 도와."

지후는 바로 귀에 꼽고 있는 무전기에 소리친 후 바로 학살을 시작하며 몬스터들과 몸을 비벼갔다.

지후는 접근하는 족족 몬스터들을 쓰러뜨리고 있었지만 2세대 헌터의 수가 적은 미국은 고전을 면치 못하고 있었고 그나마 아영과 소영 윌슨의 백업으로 버티고 있었다.

소영은 신이 들린 듯이 뇌룡도를 들고 전장을 휘젓고 있었고 소영에게 공격을 하려는 몬스터들은 윌슨과 아영이 제대로 막아주고 있었다.

원샷 원킬은 아니었지만 적재적소에 날아가는 아영의 화살은 아군의 활기를 찾아주고 있었다.

위험한 순간마다 아영의 화살은 날아와서 아군에게 기회

를 창출해 주고 있었다.

아영은 몬스터들의 생각을 읽으며 화살을 날리고 있었지만 거기에 너무 집중한 나머지 갑자기 접근한 오우거의 공격을 피하지 못하고 비명을 지르고 있었다.

갑자기 옆에서 나타난 오우거는 아영의 사각을 파고들고 들어와 주먹을 휘둘렀고 아영은 다급하게 활을 방패삼아 막았지만 워낙 힘의 차이가 커서 먼 곳까지 날아가 바닥에 넘어지고 말았다.

"까아아."

넘어진 아영에게 오우거가 주먹으로 내려찍고 있었고 아영의 비명에 보법을 밟아 달려온 윌슨은 우산을 펼쳐 그 공격을 막아내고 있었다.

오우거의 주먹엔 윌슨의 우산에서 나온 불꽃이 휩싸이고 있었다.

"여자는 꼬추로도 때리지 말라고 했다. 이 오우거 새끼야!"

"윌슨! 꼬추로가 아니라 꽃으로!"

"그니까 꼬추로!"

'이런 발음 고자…. 그렇게 왜 자꾸 통역아이템을 빼니….'

"무슨 개소리들이야! 지금이 잡담 할 때야!"

지후는 멀리서도 세 사람에게 집중하고 있었기에 윌슨과 아영의 대화를 듣고 있었고 헛소리에 어이가 없었다.

순간 소영이 달려와 오우거의 등에 일 검을 먹였다.

촤아악!

오우거의 등에서 피가 튀었고 오우거가 뒤를 돌아보자 윌슨은 우산을 접고 바로 오우거의 미간을 향해 우산을 찔러 넣었다.

오우거가 쓰러지자 세 사람은 다시 전장을 향해 달려갔다.

보스몬스터의 지휘 때문인지 지후는 어그로 아이템을 사용하지 않았음에도 몬스터들의 집중공격을 받고 있었다.

동서남북에서 쉬지 않고 공격이 밀려들자 지후도 점점 공격을 할 타이밍을 잡기가 힘들었다.

지후는 상황이 여의치 않자 강기를 날리기 시작했다.

보스몬스터의 능력을 모르기에 최대한 힘을 비축하고 싸우려던 지후의 계획은 틀어지기 시작했다.

강기를 날려도 몬스터들은 줄어듦과 동시에 그 틈을 메우며 공격을 해왔고 지후도 결국 전신으로 내공을 발산하기 시작했다.

"그래 이 빌어먹을 것들아. 적어도 S급의 지휘라 이거지. 근데 형이 이 정도에 쫄지는 않아."

지후의 두 주먹은 금빛으로 물들었고 몬스터들을 무차별적으로 공격하기 시작했다.

워낙 빽빽하게 둘러싸여 있었기에 어디에 휘둘러도 몬스터에게 공격이 들어가니 지후는 그저 막 휘두를 뿐이었다.

콰앙! 쾅쾅쾅! 쾅!

곳곳에선 강력한 폭발음이 들렸고 현장은 아비규환 이었다.

"막아! 탱커들은 뭐하고 있는 거야!"

"지금 막고 있는 거 안보여! 딜러들 뭐하는 거야! 공격하라고!"

"힐러! 힐 좀 줘!"

몬스터와 헌터들의 피와 비명은 끊임없이 전장에 울려퍼지고 있었다.

헌터들은 계속 충원되고 있었지만 이미 전장은 난장판이되어있었기에 전열을 가다듬기 쉽지 않았다.

군인들은 탱크와 장갑차로 빠르게 후방에 전선을 형성하고 있었지만 몬스터와 헌터가 엉켜버려 타격이 불가능했다. 지금 타격을 하면 아군도 피해를 받을 수밖에 없기 때문이다.

저격수들조차 저격을 하기 힘들 정도로 엉켜있었기에 그저 견제를 하기에 급급했고 군인들은 헌터들을 도울 길이없었다. 상공엔 헬기와 전투기들이 언제든 공격할 수 있도록 배회하고 있었지만 지금 상황에선 도울 방법이 딱히 없었다.

'이대로는 안 되겠는데. 전열을 가다듬지 않으면 밀린다.'

지후는 귀에 꼽고 있던 무전기로 라이언 대령에게 명령을 내렸다.

'미국이니까 영어를 써야겠지.'

"Come On. Yo!"

지후의 어그로 아이템과 사자후가 전장에 울려 퍼졌고 헌터들과 싸우던 몬스터들조차 지후에게 고개를 돌리곤 지후를 향해 달려왔다.

지후는 바로 경공을 사용해 전장의 반대편으로 내달렸다.

"라이언 준비됐어?"

[준비됐습니다.]

"그럼 내가 쏘라고 하면 전부 폭격 해. 마정석 미사일도 전부 쏴."

[네. 알겠습니다.]

지후는 차분히 유인하며 500미터 정도 떨어졌고 헌터들도 그 틈에 전열을 가다듬으며 군이 형성해둔 후방 전선까지 피해서 거리는 1km 정도 떨어지게 되었다.

"내 주변 전부 조준해."

[10초 후 조준 완료 됩니다.]

10초는 순식간에 지나갔다.

[조준 완료 됐습니다.]

"쏴!"

콰콰콰쾅! 쾅쾅쾅!

펑! 펑펑펑펑펑펑!

지후는 몬스터들을 몰이한 후 폭격을 명했고 폭격이 시작되자 워프로 이동했다.

1km가 떨어져 있었지만 엄청난 폭격의 충격파가 후방에 있는 헌터들과 군에도 몰아쳤고 다들 충격파를 막는 것에 온힘을 다했다.

〈4권에 계속〉